重庆市出版专项资金资助

U0446190

全球视野下的近代重庆丛书

Zhanyunxiayu Riji Bing Shicao

栈云峡雨日记并诗草

（二）

重庆中国三峡博物馆 重庆市地方史研究会 ◎ 编

周 勇 程武彦 ◎ 丛书主编

〔日〕竹添进一郎 ◎ 著

周 勇 黄晓东 惠 科 ◎ 整理

重庆出版集团 重庆出版社

棧雲峽雨日記并詩草

一八七九年日本奎文堂刊

目录

栈雲峽雨日記

雲煙

明治戊寅冬日
実美題

三條公題字
一ノ二

民俗土宜真
學問水光山

一五
二

色好文章

伊藤博文

敘

光緒三年畿輔山西河南饑其明年日本井井居士竹添進一實來饟錢賑以粟余既感其意而謝之既與語閎覽無涯涘蓋篤雅朂學士也既乃眎余文稿一卷杭蘇

遊学一卷棧雲峽雨詩学一卷棧
雲峽雨日記一卷讀竟敘其簡端
曰古之以文章傳者得山川之助
而益奇太史公周覽天下名山大
川其文豪宕有逸氣杜子美崎
嶇秦蜀峯可喜可愕之境悉

寄之於詩蓋山川之靈不能終
閟而士靳有以自見或抒情紀事
鐫刻萬彙亦獲山川之助亦無以
擴其趣而孕其奇如居士生東國
備遊境內名山水浮海至中華
登之眾山濟於太河再適吳越坂

墟泛舟西湖返過太湖之包山北抵京師西訪洛陽長安古帝王之都入蜀沿江而下至夏口乘輪艦以達海凡所歷太行嵩華終南之高峭函谷閣棧道至險瞿唐巫峡荆门洞庭之驚湍怒濤莫不近觀遐

矚躬攬之勝披之文會咀道味現辭奥義間見疊出之詩思奪韻遠擺脫塵垢不復近人之藩籬以所閱者博得山川之助者多耶夫亦在襟抱廓然異於人人故能躐履遠邈窮是之勤且果也余又聞

海東舊國其俗近古其傳有先秦以來未見之書其士多恢奇博辯詩遺世獨立尚徉巖壑以頤其志居士儻即其人歟抑猶有遯跡沈影不可得而見者歟居士其為我告之方今兩國文軌相同往

來相通畛域之分非復曩時比

繼是今有鍾居士而來遊者余將東

鄉速索延之上座一叩其胸中

之奇也

大清光緒四年戊寅六月

欽差北洋通商大臣太子太保文

華殿大學士直隸總督一等肅毅
伯加騎都尉世職合肥李鴻章敘

文章家排日紀行始于東漢馬第伯
封禪儀記然止記登岱一事耳至唐
李習之南行記宋歐陽永叔于役志
則山程水驛次第而書遂成文家一體
然其書頗略聊存游跡而已未足模範

山川鐫劖造化也夫吾人北轅南柁東囊晨征車行則鞿馬鈴騾舟行則檣烏水狗此豈細旃廣廈可以仰屋梁而著書哉又況游覽所至未必能如惠施之載書五車自隨某水某山不過問郵童而諮津吏而欲考訂古今

窮極原委抑又難矣

竹添井井以 東國儒官來游中土又非生長於斯者比余紉以爲游屐經臨不過吟風弄月排遣旅懷耳乃讀其所著棧雲峽雨日記二卷則自京師首塗往直隸河南陝西而至四

川又由蜀東下道楚以達於吳縣歷
九千餘里山水則究其脈絡風俗則言
其得失政治則考其本末物產則察
其盈虛此雖生長於斯者猶難言之
而
井井航海遠來乃能於飲風衣日之

際紙勞墨瘁之時歷歷指陳如示諸掌豈易言哉是足以觀其學識矣井井重意氣喜交遊在海外知余之名及至中土訪余於杭州詁經精舍不值又至吳下寓廬春在艸堂始得修相見禮而以此問序焉因書此

詒之

光緒丁丑夏四月曲園俞樾

古来九能之士有所谓山川能说者非徒纪游
历之胜侈见闻之多模山範水已也盖必有关
系寄托之语焉　日本　竹添渐卿先生其知之
矣渐卿前以公事至京师今来过予出所著栈
云峡雨日记见眎乃其去年自京入蜀一百十二日
中所记也予读之叹曰此非通人不能作　实於范

致能吳船錄陸務觀入蜀記之後獨開生面者其言有倫次條貫視潘安仁西征賦遠勝而其體物感時華外有筆則更有酈善長水經注之遺偉矣哉中國能文之士未能或之先也抑予又有感焉夫綜覽形勢而知其險易詳核古蹟而證其源流周諮乎土風之蘊藏勤察乎物產之衰旺此皆不

徒以遊歷見聞相誇耀者然而学士大夫生長中土猶嘖嘖難言之況異國之人乎今觀日記一書敘次該悉無美不臻而於世道人心之故尤三致意焉斯其閎整也大矣斯其寄託也深矣兩卷書傳羣英心折然則古之所謂山川能說者不於是乎在哉漸卿善詩文著述甚富是編也譬諸鳳之一羽

龍之一鱗可以窺見全體於其將歸書數語質

之非敢云序也

光緒丁丑夏四月

嘉善鍾文烝書於上海敬業書院

自序

清國通貨有銀焉耳、有銅錢焉耳、如楮幣則獨翩飜于通邑大都、亦不過市井間藉以資貿易而富商大賈擁財連肆、與綠眼紫髯之徒爭鉅萬之利于市者、往往相望乎濱海所出貨物常倍蓰于所入、畏負債於異邦、不啻猛獸洪水、凡諸器翫之來自海外、足以悦目適體者、如盲之於色、如聾之於音、曾不過而問焉、獨舩艦火器、與夫行陳之方鎔化之學、因西人所創作、漸揀而取之、方今之時、謀富强之術、蓋莫善焉、余足跡殆遍于禹域、與其國人交亦衆矣、君子則忠信好學、小人則力競於利、皆能茹淡苦攻、百折不撓、有不可侮者、但舉業囿之於上、苛斂困之於下、以致萎薾不振、譬之患寒疾者爲庸醫所誤、荏苒彌日、色瘁而形槁、然其中猶未至衰羸、藥之得宜、霍然而起矣、世或有蠱惑之疾深入膏肓、而張脈僨興、自以爲强健者、令越人見之、將望色而走、以彼視之、其得失果何如耶、是觀風之所以不可已也、抑茲册子、從足之所至、目命筆應而成焉、特留鴻爪於雪泥而已、故題曰棧雲峽雨日記、吁棧之雲峽之雨、觀風云乎哉、

錢徵曰、發源便佳、

中洲三島毅曰、奇遊故遇合亦奇

棧雲峽雨日記上

大日本熊本　井井居士竹添　光鴻　漸卿

明治八年乙亥十一月、余從森公使航清國、駐北京公館者數月、每聞客自蜀中來談其山水風土、神飛魂馳、不能自禁、遂請於公使、與津田君亮以九年五月二日治裝啟行、即清曆光緒二年四月九日也、館中諸友送出正陽門、至西河沿而別、君亮與余同鄉嘗遊米利堅三年、頗通西籍、余初未相識、今乃締交海外、又携手作萬里遊、遇亦奇矣、

三日車馬未備、頓西河沿、

桐雲吳大廷曰、亦曰燕南趙北之橋、

桐雲曰、如讀孝侯風土記、亦如道元水經注、通篇均當作如是觀、不得概以遊記目之、

拾樓那珂通高曰、東西二淀水是水脉歸宿、亦是文脉歸宿、

四日、雇北京人侯志信爲導、出西便門、門在外城西北隅、過白雲觀、即元太極觀遺墟、祀丘眞人、建寅月十九日、都人集賽、號曰燕九節、抵盧溝橋、橋長二百餘步、石欄刻獅子、頗壯麗、燕都八勝、盧溝曉月居其一焉、盧溝一曰渾河、又曰黑水河、蓋挾雁門雲中應州諸水、穿西山而來、又東至永清朱家莊、匯于東淀、其上流束於山峽、勢尤迅疾、既出山、地平土鬆、餘勢所激、遷徙無常、元時稱爲小黃河、康熙中疏濬、賜名永定河、古所謂無定河桑乾河皆是、賈嶋詩云、無端更渡桑乾水、却望并州是故鄉、顧余在燕京朝夕所

成齋重野安繹曰、自永定河轉賈嶋詩、自賈詩遂説出旅況、妙、

見山楊峴曰、金史謂之劉李河、

接、皆我邦人、疾病相扶、憂患相恤、不復知身在異域也、今乃獨與君亮寥寥遠行、欲無浪仙之感得乎、宿長新店、

五日、過良鄉縣、縣南三里有樂毅墓、抵琉璃河、古聖水也、舩舶輻湊、號稱要津、橋側有鐵竿、長三丈許、不詳爲何代物、將入涿州、城東有拒馬河、架石橋長百二十丈、宏壯無比、拒馬發源易州廣昌淶山、東流至房山鐵鎖崖、分爲二派、一東入涿州、合琉璃河、過新城而南、一南入淶水、經定興合易水、歷楊村而東、二派至白溝店、又合爲白溝河、匯于西淀、宿涿州、涿州

甕江川田剛曰、石炭曰煤、余見之於篤縣雜記、蓋北京地方多產、爲西洋人之所以垂涎也、

敬宇中村正直曰、英國物產、惟煤鐵二者、支那并出金銀銅、何其物阜民殷也、

磐溪大槻崇曰、古雅約潔、其源出于貨殖傳、

紫巒蔡脩康曰、帶敘帶補、絕妙剪裁、

即涿鹿、黃帝故都、

六日、經定興縣、渡易水、見數馬馱煤、其品極佳、易州所出、又見大車載鐵、出獲鹿縣、質良益甲於天下、但鋼則不如蘇州之美云、宿北河、

七日、渡雹河、抵安肅縣、從此以西、（西疇曰、揭筆極敏、）絕無秔稻、以麪充食、過荊軻故里、渡徐河、源出五迴嶺、合清苑河及雹河、匯于西淀、抵保定府宿焉、保定即隋時清苑、及石晉割屬契丹、曰秦州、清苑河通焉、大抵東北民惰、而土地荒蕪、至此則田疇井然、老幼皆舉趾、

八日、抵方順橋、即祁水下流也、蓋滬河一支、自唐縣

夔江曰清風店是明時石氏之戰場作者爲風塵所眯不能詳覽其形勢可憾
桐雲曰覺地獄變相無此駭人
朗廬阪谷素曰著意自高

東分爲廣利渠達于保定祁水自西來注于渠當唐縣保定之間丐人載路見客則遮前尾後啾啾乞哀如秋蟬咽樹過光武故城謁帝堯廟抵望都縣縣城東隅有堯母陵出城則大風揚塵目眯不能視與君亮擁被臥車中車夫忽呼曰清風店至矣（紫巘曰敘次跳落入古）起顧車夫則黧面變爲斑白目光烔烔如惡鬼不覺失笑遂宿（紫巘曰伏筆無痕）晚小雨不能潤土膏北地自去年十一月不雨清帝遣大臣于邯鄲縣奉龍王廟鐵牌入京蓋覲所雨也塗上遇其至自邯鄲儀衛甚嚴自發燕京所過平原千里彌望皆麥長可一尺以旱故不能條暢然生意

見山曰定州即盧奴城

紫巘曰諧語入妙

香巖李鴻裔曰此近年荒歉使然平世尚不如是之苦然亦遠遜西南諸省物產之殷富矣

勃然足觀地質之美矣

九日過陶唐氏故都渡滱河水淺欲涸其源發於山西靈邱縣高氏山自廣昌來經倒馬關過完縣西北入唐縣界故又稱唐河又南與滋沙二水會爲豬龍河東匯于西淀抵定州城有碑題曰中山靖王國過明月店則鮮虞舊都旣而得一小祠祠前碑鐫伏羲聖里四大字明萬曆中所立祠則佛像羅列羲皇有知當言吾初不識黃面客也抵新樂縣直隸之地多植榆椿及棗採其葉和穀作粥至此則四面荒沙耕種無施民命所繫專在木葉又東北州縣緊乏薪炭

西疇萩原裕曰閱明人筆記云燕齊之民每至饑荒木實樹皮無不啖居常地有餘隙不種蔬菜競拔草根醃藏以爲寒月之用今參漸卿所言觀之眞由民性之惰耳

甕江曰、此種景況、我邦之所絶無、直記其實、足以驚人、
桐雲曰、入境問俗、斷不可少、

甕江曰、所到記地名、舉古今沿革、此是緊要文字、
西疇曰、漢人輒以閩楚之橘柚、與燕齊之梨棗相對、自貨殖傳已然、果是地質無古今也、

掘草根以給爨炊、或拾馬矢、曝乾代炭、以禦冬、因思余客冬過山東、每寢炕上、臭穢衝鼻、問之曰、爇馬矢取煖也、渡沙河、宿伏城驛、

十日、渡滋河、抵正定府、即唐時恒州鎮州、其地當燕趙郊、多產棗梨、正定至西安府、踰井陘而經山西大原府、是為捷徑、然險隘不通大車、故取路河南、抵滹沱河、以旱久、河身盡露、所在揚塵、間有剩水、亦不濡軌、聞京畿之水、以永定滹沱為大、滹沱發源山西繁時縣大戲山、經大原、入直隸、經平山靈壽正定、至衡水縣南、注寧晉泊、又自泊東出、經深州至河間府、與

海南藤野啓曰、括別

太好

成齋曰、此段卷中第一義、即竹兄經世之略所存、至論卓識、可俟百世、豈直益于清國君相而已哉、敬宇曰、溫古知新、觀察比較、真正學問、真正經濟、蘭陀方德騷曰、阡陌既開、三代養民之制、遂不可復、迂儒泥古、動稱畫井分田、適爲世人所訕病、然果能相度地之高下川之支幹、多爲溝洫、因勢而利導之、

漳河東北渠會、入南運河、一支北出爲子牙河、匯于東淀、蓋北地平衍、河流所經、略無畔岸、既不能防水、又不能蓄水、故雖大川巨浸、冬春可布武而過、一遇秋霖、汎濫洋溢、襄丘隴、毀廬舍、道路爲絕、若黃河則經旬不通舟楫、余於是乎有感焉、古之善治水者、莫若大禹、而其法則在盡力乎溝洫、蓋周家井田亦不過倣之、（見山曰、識論閎通、不意日記中有此巨製、）夫井田豈必方十里之成而深八尺之洫哉、惟隨地勢崇庳、曲折疏鑿、大以承小、以水之蓄洩爲度耳、（中洲曰、堂堂大議論、居然一篇理水策、清人讀之）溝洫既成、旱澇有備、不待言矣、經畫一定、車馬（將曰、旁觀着、果出當局者意料外矣、）不得蹊田、可以免蹈踐之患、可以絕爭占之端、淀則

瀦洩有資旱潦有備師井田之意而不襲其迹斯爲善法古人然而水利之議自前元虞伯生以逮本朝諸巨公先後論列奏特旨試行均不旋踵而罷豈天時人事尚有待歟抑三代終不可復歟作者特拈盡力一語苦心擘畫平易切實鑿然可以見諸施行有中原民物之責者可不憬然動念哉

桐雲曰井田之廢久矣舉世亦鮮有講者得君此論慨然有三代之思焉文亦言簡意賅包括詳盡勝讀水利田制等書

寉江曰說到溝洫利害引古徵今句句痛切識力兼備水經注文采雖美亦無

種菱藕養魚鳧隄則植榆柳毓棗栗三代之時地饒民富職此之由至戰國開阡陌廢溝洫水始爲害地隨鹹鹵愈久愈甚以致今日之荒蕪乃知溝洫之制千古治水之要亦千古治田之要也夫禹域河川大抵渾濁其多泥不獨黃河陝西之涇渭山西之沁汾直隸之滹沱永定皆然故當其漲也渾流衝決已涸泥淤滯塞若使溝洫縱橫相接高下相承漲則疏洩以供灌溉涸則挑起以資糞養土之薄者可使厚水之淺者可使深然則爲今之計亦唯在開溝洫而已矣但北地春夏少雨揷秧緊難及時即及時亦潤養

此着實之議論、

蘭坨曰、至論通論、

中洲曰、命牧治田治水文法周備、

桐雲曰、柏鄉卽柏人、昔趙相貫高謀刺漢高處、

穗峰四谷恒曰、我邦京攝旁近之地、亦往往有之、

中洲曰、滿腹經學、觸物抵事則發、

不足、且土質疎鬆、水易滲漏、民又不喜食秔稻、故不必強爲水田、若溝洫則無不可得而行者、苟數千里之廣、使其有畝以樹穀、有畎以理水、則水害去而地利興、是卽周家井田之法、亦大禹治水之意也、過南十里鋪、宿欒城縣、卽欒武子之舊封、

十一日、經李左車故里、抵趙州、古趙國也、固城店卽鄗城、其北有王莽城、過千秋臺、光武卽位處、宿柏鄉縣、北地皆白田、正定以西、田間往往鑿井、漑至六七丈、其引水有轆轤、有驢車、以補雨澤之乏、易曰、井養而不窮、聖人教之矣、（紫瀾曰、餘韻悠然）

蘭坨曰、開溝洫、理淀泊、二語、足盡畿輔水利之要、

桐雲曰、治水不外乎是、

甕江曰、加藤肥州善修隄防、銀臺公亦用意治水、作者生於其國、故談水利、娓娓可聽、

甕江曰、此為下文教匪作亂張本、

十二日、渡泜河抵大寧鋪、以官道沙深、左折取小路、過唐山麓、任縣泊在其東、相距極近、凡京西南諸水、入任縣泊者十、謂之南泊、入寧晉泊者十二、謂之北泊、蓋皆古大陸澤地、余以為京畿之水、宜瀦深者少、宜暢達者多、流不得暢、於是乎怒、欲殺其怒、在開溝洫、欲暢其流、在理淀泊、故溝洫之制、與二淀二泊相終始、厥功乃成、講水利者益知之矣、餉于尹村燕趙之郊、堠市蕭條、其適口者、惟有雞卵耳、抵順德府、即隋唐邢州、當四方之衝、民皆勤農、多產黃粱及棉花、府中天主堂且二十餘宇、蓋二京十八省、皆建教場、

中洲曰、理水論又發矣、文雖短、論則大、宜看做理水第二策、勿看做前編餘論、

聱牙土井有恪曰、可謂毒矣、一語破的、値祂條之數百言、在記行中最爲簡妙、

中洲曰、近人二字古人未道破、

潄守曰、先生豈是念絶功名耶、豈不結邯鄲夢耶、

法郎西國人來駐、敎誘祆敎、其用心可謂毒矣、宿南關外、

十三日、早發、塵埃未起、殘月近人、（潄守曰、曉行實景）經沙河、水方涸無涓滴、沙深沒輪、三馬不能挽一車、更雇一馬助之、始能得行、踰臨洺關、抵黃粱夢鎭、盧生祠在焉、棟宇峻起、奢極華彩、入門、帚痕如拭、不着一塵、池水彎曲成腰鼓狀、上架石橋、過橋則傑閣三間、皆安塑像、前爲呂仙、次盧生、次盧生睡像、壁上鐫詩、多可觀者、宿邯鄲縣、卽戰國趙都、聞城北有學步樓、今廢、

十四日、過廉頗墓、入車騎關、關倚小丘、石多車轍、過

蘷江曰、我邦亦產此物、俗曰糕土、今呼做千子、實屬創聞、

杜村店、爲藺相如故里、抵磁州、多產煤、見肆上鬻土塊、其色灰白、呼曰于子土、人和麫作餅食之、渡滏陽河、一名滏水、發源神麕山、東北流經邯鄲、匯于南泊、又渡漳河、河源有二、一出山西樂平縣、爲清漳、一出長子縣、爲濁漳、至林慮北欽山口、合爲一、由彰德西達於磁州、北折經臨漳、至廣平府、一支東出、入山東境、其經流北逸、岐爲二、一東北經河間府、與滹沱河會、一北至冀州、匯于北泊、臨漳而上、峽束水激、至成安則得地平坦、從其所如、肆然而放矣、宿豐樂鎭、鎭東十五里有銅雀臺遺址云、

甕江曰、三百篇皆記實、與後人虛構求工者判然別矣、讀到鷄鳴云云、始知吾輩講詩不免郢書燕說、

十五日、夜半起點火、蠅聲如沸、詩人錯作鷄鳴、亦非無謂、匆匆上車、抵彰德府、河亶甲居相即此地、在漢爲魏郡、曹操受封後、名曰鄴都、前燕北齊皆都焉、跨燕趙之郊、爲中原要衝、其土宜棉花、過韓魏公故里、田間唯存一小祠、魏家營曹操屯兵處、羑里城在路右、基址極小、入湯陰縣、爲岳武穆故里、後人置祠崇祀、畫棟雕甍、翬飛于林表、四邊豐碑森列、其鐫公書大者徑尺、小則二三寸、皆筆力遒美、想見其爲人、其餘名公碩儒題識、不可勝記、明人最多、門外安秦檜夫妻及張俊及接鐵像、人皆唾而過焉、余嘗論、使高

見山曰、論古極精、
曲園俞樾曰、論極純正、
甕江曰、與前蠅聲雞鳴映照妙甚、
中洲曰、此行不獨為地學、亦為詩學、欽羨欽羨、
木下梅里曰、情景如繪

宗無殺武穆之心、則雖有百檜、無得逞其毒、故殺武穆者非檜也、高宗也、古稱父子無獄、君臣無獄、彼與君父爭曲直者、獨何心哉、然則鐵像之設、必非公所欲也、雖然好忠惡奸、亦出秉彝之不可已、則此舉也、與公之心並行而不悖者與、抵光村舖、有嵇紹墓、血灑帝衣、即此地、宿宜溝驛、夢寐中聞風泉喧豗聲、諦之、則驢馬齕芻也、始知卧聞瘦馬齕殘芻句之妙、北地客店、卧房與馬閑相連、止隔一牆、或有別構者、亦相距不過數武、故馬嘶驢鳴、常起於枕上、

十六日、過端木子故里、渡淇水、抵淇縣、南關外有三

仁故里、渡衛水、衛水發源輝縣蘇門山百泉、經直隸濬縣滑縣內黃、過大名府城南折、又東經山東館陶縣臨清州、為運河、至天津三岔口、與白河合入于海、大名之洹也淇也、皆注于衛、順德廣平之滏陽也漳也、皆經大陸、會滹沱、亦注于衛、古時諸侯各食其土、故禹貢獨記輸貢水道、秦漢以來、封建制廢、官俸兵餉、皆仰給郡國、而運道始重矣、漢唐都關中、東漢至晉都洛陽、當時運道自江達淮、自淮達汴、自汴達河、而洛而渭、蓋專以河為急、宋都大梁、則東南由淮入汴、西北由洛入河、而後達汴、則以汴為急、元明都燕

成齋曰、包括數千年河漕海運之理、粲瞭如指掌、

中洲曰、支那海運、雖元時朱清張瑄大開之、杜詩既言海運、則其淵源在唐代、論運輸沿革者、是亦不可不知、

桐雲曰、因時制宜、古今常理、海運雖便於河運、勞費較省、然黄河爲京師繁帶、若專講海運、而河運不通、則河道淤塞、亦如人身氣脈阻滯、所關亦豈淺鮮、

蘭坨曰、航海轉漕、乃古今運道一大變局、然竊謂海運雖不能止、而河運究不可終廢、宜及此時、專力河渠、疏通南北故道、俾江皖湖廣四省漕糧、由此轉運、與海道相輔而行、見爲萬全之計、

京、元時用海運、亦分道、涉江入淮、由黄河、迴至中灤、陸運至淇縣、入衛河、以達京師、則又以衛爲急、明時疏會通河、東南重運、歲漕四百六十萬石、皆由淮北山東、至臨清、合衛水、以達于天津、清初仍明制、此古今運道之變也、今則有火輪船、駕駛大洋、於是東南徵糧、多從海運、民勞除而鉅費去、此又近時之一變也、宿衛輝府、府殷紂所都朝歌地、晉曰汲郡、後魏曰義州、唐宋曰衛州、産絹及綿紬、南關即孔子擊磬處、十七日、發衛輝府、風雨捲沙、自窓隙亂撲、車中之塵可掬、抵新鄉縣、風雨愈猛、奇寒襲肌、乃頓焉、雨徹曉

甕江曰。累日記水。至大行橫于前。頓改舊觀。奇甚。

成齋曰。自看竹而惹出下文多少議論。所謂膚寸之雲雨天下者。

又曰。糖之入我邦。在鎌倉實朝時。前此飴蜜之外。用乾柿粉。吾聞之耆宿云。

聱牙曰。記行中議論。只如是輕鬆過去。則畫水無迹。

不止。餘潤入地。父老相慶曰。吾蘇矣。

十八日。雨止。曉霧塞路。驅車行數里。漸開霽則大行山橫于乾位。如列屏障然。大行。起晉之澤潞。南趣宋衛。西走中條。東北盡乎居庸。綿亘數千里。隨地異名。燕京所謂西山者是也。過武王同盟山。一小丘。戴木者耳。經獲嘉縣。渡小丹河。宿修武縣。是日泥滑馬痛。

十九日。道路未乾。抵造店。脩篁如幄。自出燕都。久與此君別。至此始見猗猗之色。又多柿樹。所至賣乾柿或刮取柿霜。搏以作糖。味最美。北京所需乾柿。取給于此。斑竹亦運售于北京。蓋河南之地。桐漆桑栗無

最為得體、

中洲曰、滿胸經濟學、觸物輒發、

鷺江曰、說樹藝之利、津津有味、

桐崖曰、田野不闢、民生不給、亦在上者之責也、

對山毛祥麟曰、規畫周至、

錢徵曰、鄉國之思、隨處振觸、得風人之遺意也、

不宜棗、二歲而實、五歲而得一石、柿五歲而實、十歲而得三石、榆、一歲而盈丈、柳五歲而合圍、土壤之沃如此、乃極目荒涼、豈非以人事之未盡耶、若竭栽培、樹木蕃茂、則其幹可以造屋、而亡塹覆草、久雨屋頹之患除矣、其枝可以爲薪、而拾馬矢掘草根之勞去矣、且樹根糾結、瀕河之地、必免乎崩潰、果實多收、凶荒有備、一舉而衆利得矣、行數十里、得一街市、頗殷闐、曰清化鎮、

二十日、發清化鎮、池沼夾道、蘋葉田田、蛙鳴滿地、又有墟落隱見于綠竹間、宛然鄉園風致也、過丹沁二

對山曰、洞見利病、

中洲曰、沃土之民遊惰、東西同歎、

穗峰曰、我邦生絲之輸出亦有斯弊、近來往往有織絹外輸之說、葢確論也、

又曰、上遂殆二十日、始見水田、其乏米可知、

河、沁河自山西境南流至懷慶府、丹河亦自山西南經懷慶府、分二支、其一南合沁水爲大丹、注于河、一東經修武爲小丹、至獲嘉縣與衛水合、懷慶府爲禹貢覃懷、商畿内、漢河内地、多產蠶絲棉花、葢河南多產綿花、而人家具機杼者百不能一、舉而委之商賈、遠致于江南、女工之廢至此、欲富得乎、是日始見水田、與麥壠相間、壠廣田狹、廣者麥已黃熟、狹者秧針抽五六寸而已、宿孟縣北門外有韓文公故里、

二十一日、出孟縣則黃河矣、河廣十里、濁浪洶涌、使人心悸、宜矣秋潦一至、汎濫數十里、不復辨涯涘也

贊牙曰、山東渡黃河、甚利津渡、次清河北、又在冬時、故狹小如此、若淮安渡河、則應不與此同也、
樱溪曰、觀山水不可無此注意、
曲園曰、觀物有得之言、
中洲曰、史學亦觸物而發、

予客冬過蒲台、渡黃河、廣可二百尺、意謂名浮其實、至是始知物皆不可以一斑槩全豹也、東南遙望嵩山、形如覆盆、嵩山在偃師縣、相距且百里、群山當前、莫之能蔽、其高峻可知也、黃河之水、千里直瀉、商旅避險、不見舟行、各港口唯有一二渡艘耳、揚帆而濟、雨微下、中流洪波蕩舟、搖撼不已、達岸則鐵謝鎮也、其西爲孟津、所謂河陽三城、一在北岸、一在南岸、一在河中灘、三城輔車相倚、當史思明據洛、李光弼退守河陽、賊憚其躡後、不能復西、陝州因得以飭戒備、而關中無虞矣、今城湮、灘亦沒於水、遺址皆不可知、

桐雲曰、山邱華屋、感慨係之矣、

中洲曰、宛然如日睹、

成齋曰、龍蟠虎踞、黃雲綠林、帝城之氣象、文辭亦壯麗、

中洲曰、有此小結束、文法肅然、

出鎮、則光武陵、繚以垣墻、老樹鬱然、過陵西走、為北邙山、車輪摩兩崖而登、既至巔、馬鬣封纍纍滿目、漢以來帝王名臣多葬于此、今不詳為何人陵墓、俯仰今昔、不覺泣下、陵墓之間、墾為田疇、延袤十數里、農夫皆着白布衣、望之如群鷺俯啄然、（錢徵曰、奇喻、）西北則沃野千里、麥隴成黃雲、大行龍蟠于東北、嵩山虎踞于西南、綠林一帶、當前隱見于烟靄縹緲間者、河南府也、以日昃疾馳入府、則街上點燈矣、燕京至懷慶、皆為禹貢冀州域、此日渡河、始入豫州、周成王營洛為王城下都、東漢西晉皆都焉、隋煬帝徙都于此、曰豫州地

成齋曰、首叙山河形勝、次叙土産夥夠、終及鴉片事、蓋謂地勝産饒如此、而鴉片一患、不祇使至億萬生靈無噍類、抑又何心也、贅牙曰、鴉片論不得不痛切、此獨大聲疾呼乃妙、

西疇曰、支那人口四億萬、以全國版圖、而其之蒙滿固在其中、桐雲曰、議論痛切、如聞清夜鐘聲、亦如當頭棒喝、溺此者當知所反歟、

居、禹域中央、黃河界其北、連山蜿蜒東南走、山北衆水皆注于河、其地産穀最多、又出絹布及綿花、其西邊、木材亦足給闔省之用、近時鴉片日熾、河之南北皆種之、愈西愈多、邊境僻陬之民、無不食焉、山西則不論男女、食者居十之七、蓋鴉片之出川廣雲貴最多、而其品則雲南爲第一、然亦不如印度之和潤、故富者必資之洋舶、一歲所費不下二十金、余聞清國民口、無慮四億萬、其食鴉片者居十之一、爲四千萬、再以四十之一算之、食洋品者且百萬、則一歲所費、二千萬金、吁、亦浩矣、雖然食之有益於身、猶之可無

甕江曰、論鵶片之害、何等痛切、使讀者肌膚不寒而栗、
中洲曰、殷鑒不遠、豈可不豫戒乎、
中洲曰、與西京三條橋略相似、
穗峰曰、橋上既無繁華子、橋下又無陽春水、使讀者不堪滄桑之感、
中洲曰、兵學亦觸物而發、
敬宇曰、以地勢論史迹、亦精亦確、
見山曰、成敗了然、可與論史、
桐雲曰、洛陽居天下之中、

益無害、亦未足深咎、而鵶片之性、耗精促命、其毒有甚於鴆、吾恐百年之後、四億萬之民、盡衰羸而生類幾於滅矣、為民父母者、寧可不早作之所乎哉、

二十二日、渡洛水、往觀天津橋、橋下皆平沙、秋潦則水至云、橋疊石構成、望之如圓月、就之頹壞不修、行人皆自沙中過、橋上無復人跡、唐時詩人極口誇稱、今則滿目索寞矣、豫州之故都、曰洛、曰汴、汴四面平衍、特藉兵衆以為衛、靖康之變、金人長驅入汴、以無險可據故也、洛則險隘、非汴都比、然居天下之中、亦四面受敵、有守不能終日之勢、李光弼去洛守河陽、

當國家無事之時，朝四夷而臨諸侯，最為得勢。一旦有事，則四面受敵，有不可終日之勢。防患貴於未然，此婁敬之所以勸都關中也。

敬宇曰：彼人所常慣見而不言者，詳記縷述，有益於吾輩，寔非淺尠也。

蘭坨曰：如讀齊民要術、農桑輯要諸書。

海南曰：專主米飯，乃我邦習俗使然歟。前文已駁一縣欠米，至此見總敘中原大抵皆然。蓋彼邦習俗，自古以然，不必須米也。

良有以也。蓋河北關中，能制洛之命，而洛則不得河北關中，不能自守，故安史以河北倡亂，洛再陷，而秦漢則以關中定三河，是豫州之大勢也。

二十三日，發洛陽，抵苹水鋪，王祥卧冰求魚處，憩磁澗，見稻無有。蓋西北民，摶麪為餅，或為饅頭，以充食，又食高粱，雖通邑大都，少有食稻者，即有稻，脫粟而已，又久蓄腐臭生蟲，羹則割豚肉，和油煮之，胡椒葱蒜類，亦油熬，皆不可口，醬苦酒酸，而且不易得，燒酒則所在有之，釀以高粱，甚冽，盛之盞，送爐底，上安小鍋，點火然之，可以熱物，西北所樹，高粱為多，蓋地既海南曰。生齒之繁可知。
西崎曰。支那之賊。所過無烟。雞犬一空。是其常態。每誦漢史有民避亂保嶮等事。今讀之釋然。百聞不如一見。即是。
見山曰。天下承平久。兵不知戰陳爲何事。倉卒有變。

廣衍。又無溝渠之設。雨水稍多。田畝淹沒。高粱之爲物。質粗而稈長。能耐水。此其所以多種也。稈名秫稭。凡縛籬葺屋。織蓆及爨炊。皆取給焉。過甘羅墓。渡澗水。入函谷新關。地險多石。關上爲新安縣函關。有新舊之別。漢元鼎三年。置關於新安。爲新關。舊關在今靈寶縣。即秦關也。宿鐵門。亦無稻穀。鷄充食。礠澗以西。所過皆山。民盡力墾辟。麥之已熟者。棉麻之方秀者。青黃相錯。風趣可愛。此間往往見憑險築壘。蓋邊徼有警。（成齋曰。禹域流賊之事。史不絕書。坐此耳。）募民間驍悍之徒。號曰兵勇。率皆無賴喜亂者。苟駕御失術。鼓譟逃竄。聚爲群盜。延禍極慘。民畏

不如召自民間若較為得力然而易聚難散必然之勢譬如病疽不能不飲六毒之藥要在善其後者何如耳

西疇曰嘗聞秦晉多地窖人家鑿以充蓄室富者或藏粟數百萬石今據漸卿言非特蓄物闢室居其中蓋土中金湯也北人有無稚之室蓋此歟

之甚於虎狼非據壘自保無以避難也李自成張獻忠輩蓋亦逃兵之尤桀驁者矣是日為清曆五月朔

二十四日抵石河橋自渡河至此往往見穴居（甕江曰太古遺俗）居在崖腹高者去地數丈（至今不變可謂奇矣）鑿崖為級以升降抵澠池縣城西有秦趙會盟處宿英豪（穗峰曰英豪之豪亦豈壕字之轉訛者歟）古三崤地三崤者盤崤石崤土崤也石崤土崤後轉為石壕土壕杜少陵石壕吏詩即是

二十五日發英豪石路凸凹雇二壯丁以助車抵廟高路稍平多丐人宿磁鐘鎮沿路多產土煤每斤直錢一文大抵銀一兩換百五十文錢

甕江曰、記水利鑿々有據、不特此也、

香巖曰、紀江漢河諸道脈絡、如觀掌上螺紋、

中洲曰、尊稱所至、必先記山水派脈、然後錯綜州縣其間、故使讀者一覽瞭然、鄭樵曰、禹貢之所以爲萬代地理家成憲者、以其地命州、不以州命地也、兄蓋得此法於禹貢者乎、

二十六日、抵陝州、古虢國、即周召分陝處、過石橋鎮、馬首漸仰十餘里、忽見黃河于脚下、蓋陝西之水、其大者三焉、曰黃河、曰漢水、曰西漢水、黃河自河湟而來、盡寧夏北境、貫于甘肅、由府谷北偏南迤至華陰、合涇渭而東、至開封東北折、經濟南入于海、漢水自寧羌嶓冢東流、又南經漢興境、至于湖北郧西、西漢水由秦州嶓冢西南流、合白水爲嘉陵江、又西南至于四川廣元、故漢水東南貫楚境之半、西漢水西南亘于全蜀、其委竝注于江、皆行千里、跨數省之地、而大利害繫焉、此禹域全勢、陝甘據其上游者也、靈寶

桐雲曰、隋改桃林、仍尚周之舊稱、

西疇曰、函谷之險、腐紙敗楮上不能知得者、一見則曉矣、吾人論支那古人、或按地勢論成敗、眞可覆醬矣、

中洲曰、一身字、生骨股頂膚四字妙、

縣爲秦函谷地、漢曰弘農、隋曰桃林、就宿焉、陝州多石、石橋鎮而西、丘阜皆土矣、亦往往有危岸絕谷、隴麥黃熟、刈者過半、而崤函之間、則尚帶青色、以山深候寒也、

二十七日、渡弘農澗、入函谷舊關、自此而西一千餘里至隴關、號爲關中、其山不甚高峻、重疊相倚、弘農在其東、黃河帶其北、古稱天險宜矣、鑿山通路、車不能方軌、每里闢崖、廣僅容車、兩車相值、則避一過一、故車夫必遙相呼應、以爲相避之地、北邙至潼關、所至皆是、關上之山、全身皆土、不挾一石、骨墾種麻麥、

穗峰曰、我鄉橋制、往往有類此者、稱曰馬避、

敬宇曰、使讀者身亦恍然入畫中、
中洲曰、二句結前起後、妙、
紫巖曰、此亦補筆也、
紫巖曰、此補吏出入意外、
中洲曰、亦始多興矣、

自腹至頂、無復完膚、過太子營抵閿鄉縣、沿河而行、沙深數尺、馬屹立不進、策之、一躍而寸進、而尺、而丈、而里、抵盤豆鎮、則夕陽如盤、山影蘸水、遠樹明滅、墟落縷縷生烟、恍然身入畫中矣、

聱牙曰、文亦變爲畫圖、

二十八日、抵潼關、禹貢豫雍分界于此、山高與函谷相若、亦不着一石、土灰白色而疎鬆、觸即崩、關門譏察極嚴、出護照爲證、吏來見、執禮頗恭、又遣人護至西安府、初余之發北京、衣滿衣、冠滿冠、爲蒙古僧行腳者狀、以避人指目、至此知余爲優孟、衆來集觀、飯店宿房俱極雜沓、一路始多事矣、關下街衢碁布、出

三字簡而盡、

成齋曰、亦一奇事、好個一部膝栗毛、

中洲曰、旌道士過關者古有辨、廣旌犢過關者今有漸卿、

醬菜、名最著、出關則華山突而起、壁立萬仞、絕無依傍、如揷蓮華、霄漢、衆山為千葉、環繞其趾、在五岳中最奇絕、使人顒望、久而不能去、過楊震墓、抵其講學處、傍林帶溪、別開清境、百世之下、高風可仰、宿西岳廟、

二十九日、君亮往探大華之勝、余以微恙不能俱、與志信發西岳廟、過郭汾陽墓、小壟一拳、在池沼中、墓標欹側、龜趺埋沒、壟亦駸駸為鋤犁所齧矣、華州往年罹髮逆之災、城市破壞、客店極矮陋、一室不能容二客、過冠萊公故里、夜達赤水鎮、

穗峰曰、以汾陽之功之德、猶不免於此、豈易姓之國勢使之然乎、

聱牙曰、盧溝橋以來、君亮與志信皆寂默、殆不知其所在、至此始突出如華山、又如修武之竹、樊川清風來故人、想當為此條而發、

漸卿微志蓋天假之以壯文章也

中洲曰山行實況

夔江曰許多勝景從他人口吻說出卻是妙

穗峰曰以下君亮亦述人言而文則如漸卿足到目

三十日抵渭南縣小憩以待君亮下午乃至爲余言大華之勝曰由西岳廟南行十里抵玉泉院幽邃而清麗洞中塑陳希夷睡像一溪流其前玲瓏照人沿溪曲折而上兩崖如削路愈險山愈深水淙淙不絕響行則流汗浹背止則寒粟生膚每五里有關設佛像羽流居之隔溪危巖聳立當中窪爲洞草卉攢生空翠欲滴號仙人窟又五里抵青柯坪仰見西峰峭壁如屏自此攀鐵鎖四十里始達其巔但無導者又乏勝具不得已下山去雖然其大畧則聞之矣曰出坪數百步有回心石乃攀鐵鎖初程也鎖盡則層崖

觀者敝眼、

相逼、蔽天、不盡數尺、曰千尺幢、迤而北、又一崖斜出、有磴如梯、曰百尺峽、過車箱谷、豁然得一境、如晦之出、其直中繩墨、曰老君犁溝、援鎖踰溝、右耳接崖而行、曰擦耳崖、有赤白圈、高三十仞、曰日月崖、又援鎖而上、曰上天梯、北折踰金天三元二洞、亂石筍立、曰升嶽御道、為漢唐以來封岳舊蹟、蒼龍嶺躍出天半、巨石聳于巔、曰龍口、亦曰通天門、即昌黎投書處、至金鎖關則三峰蓮瓣始分、路亦各殊、右出為西峰、左出為南峰、又左為東峯及玉女峰、取右路上數里、過西峰院、登蓮花頂、有大石形如龜、名曰脚石、自西峰

西疇曰驪山溫泉以太真名高古今然江北極少溫泉聞獨有驪山與沂州耳果然乎否
桐雲曰今人想妃子當年

院循希夷避詔巖而出于南峯半腹至仰天池是為華岳絕頂即所謂落雁峰石上有池凡三大者徑五六尺玉女峯在東峯之背度細辛坪過小石硤而造焉有玉女祠祠東角為白馬峯頂有石亦如龜石上圓坎徑圍可三尺即玉女洗頭盆也玉泉院道士言如此余聞之深以不往觀為恨過新豐街古鴻門也抵臨潼縣夜近半遂宿焉

三十一日黎明往浴驪山溫泉泉在縣城南門外即唐華清宮遺址結構華麗男女異室而浴一室在最後者為御泓疊磚甃之穹窿如橋泓底數白石方可

成齋曰。温泉水滑。不洗凝脂。而洗垢膩。亦異乎太真賜浴。
紫巖曰。又補。
朗廬曰。其快可想。
又曰。雅趣適詩家。

三十尺。瑩徹可鑑。寒温適體。當之略不覺臭味。余自發京已月餘日。客店無復設浴。面膩體垢。臭穢欲嘔。至此洗沐數次。殊覺爽快。歸客次則紅旭初升。辰牌抵灞橋。古昔長安送行者。至此折柳爲別。今猶存老柳數株。其續栽者亦毿毿可愛。河底皆白沙。水行其上。如鳴環珮。古人云。詩思在灞橋驢背。蓋不誣也。正午抵西安府。即古長安。自周及秦漢。至苻秦姚秦後周隋唐並都于此。被山帶河。所謂沃野千里天府之國者。古者關中地專以稼穡蠶桑爲重。豳風無逸所載可見也。今則蠶利既不太廣。而農則獨菽麥高粱。

甕江曰歷考古今農政之盛衰無限感慨

中洲曰吾邦開港而來情民爭先移住而山田則日荒見明氏之弊者將不在遠噫

甕江曰此等景況我邦之所絕無亦奇亦醜

西疇曰江北無圂圊蓋衆庶以下也晉侯如廁漢武踞廁北齊文宣進廁籌史傳上或有之然士庶之有

亦惟翻犁播種而已旣無糞壅之功又少鋤耨之力舊鑿溝渠處或有稻田雖其近河地隄岸稍高不復知有翻車引水之法也據史秦用鄭國謀富强甲於天下漢唐而下亦有開渠溉田者皆能利民富國故古者天下之利多在西北趙宋以來專恃東南之漕而謀不及西北於是西北之地荒而民日窮矣府城規模宏壯街市塡咽凡禹域客店獨慨臥房而無他具故行旅者必齎枕席衾裯始得涉遠北地又無圂圊人皆矢於豚柵豚常以矢爲食瘦削露骨有上柵者嘻嘻聚於臀邊驅之不去殆不能堪此地始有圂

廁、未之聞、此漢俗之不可解者、
紫溦曰、隨處倒補、波瀾不窮、
桐雲曰、市儈弄奸、到處皆然、稍不經意、鮮不墮其術中、
成齋曰、我江戶幕府、首頒權衡之制、即虞廷同律度量衡、孔子愼權量之意、慢之豈能爲國乎、

圜之設、雖不淨潔、亦勝於無矣、

六月一日、以銀換錢、清國通貨止銀銅二幣、（木下梅里曰、無楮幣、國未可侮也、）銀鑄爲一塊、形如舟航、重五十兩或十兩、又有碎銀、秤稱而後行、發北京時、（紫溦曰、此亦補筆、而令人不覺、）就兌鋪買小塊銀、頂銳而底平、重五兩、內面皆包銅、而秤之輕重亦隨處有異同、市儈之姦可憎、

二日、腹痛下利、

三日、西安以西、山路峻艱、乃舍車而轎、抵渭水、帆檣相逐、欵乃交和、渭水發源於臨洮府渭源縣鳥鼠同穴山、至鳳翔府寶鷄縣、始成巨浸、東至華陰縣三河

成齋曰、敘山脈、分渭南北、結束揭其大勢、以禹貢證之、簡而明。

口入于河、古所稱秦川八百里者是也。咸陽以東舟船往來、漕煤炭米穀。咸陽以西、行舟綦少。蓋陝西之船皆方頭平底、無柁無篷、操手又不甚工、以其往來費時日故、行客商旅多就陸云。涉水入咸陽縣宿焉。漢渭城也。夜步月上城墻、極涼。

四日抵興平縣、爲漢槐里茂陵之地。獲藕粉食之、蓋搗藕爲粉、漬水晒乾。略如我邦製葛粉。過馬嵬坡、楊太眞墓在道右、一隴僅存、有祠蕭然。是日遙望見終南山於烟靄間。蓋陝省山脈自甘肅西傾而來、爲隴爲岍、據秦寧鳳漢之會、分爲二支、其一東北出、踰鳳

桐雲曰、漁洋驛程記無其詳、

甕江曰、山脈分支、寫得瞭然、

紫溆曰、結穴井然、

翔爲岐山、爲梁山、又東爲九嵏、又東北爲甘泉、爲嵯峨、又東爲荊山、其尾爲朝坂、以盡于河、皆在渭北、關中人謂之北山、一支東南出、踰寶雞爲太白山、又東爲終南秦嶺、爲驪山、其陽爲藍田山、又東爲少華、爲大華、其陽爲雒山、雒山東爲武關、大華之東爲潼關、又東盡于河、皆在渭南、謂之南山、自西傾至大華二千餘里、東西相望、南北相倚、禹貢所謂西傾朱圉鳥鼠至于大華者是也、宿長寧驛

五日抵武功縣、古邰國、卽后稷所封處、陝西之地如西安同州鳳翔三府邠乾二州、皆沃野千里、實爲陸

磐溪曰似學貨殖傳潁川南陽之一章

贅牙曰邙山潼關何等戰地乃輕輕過去獨著鞭於五丈原是諸葛忠誠動人處

甕江曰詳記武侯遺跡可以充坡仙五丈原詩之注

海奧區而民少潤屋者以其止賴麥田不講水利常有恒暘之咎耳宿杏林驛夜熱甚

六日抵扶風縣有馬伏波故里以晝間熱甚謀乘月夜行入客館小憩已發則陰雲蔽月終夜仍苦熱

七日微雨數下熱猶不減抵岐山縣為古岐周地縣治即西伯舊城五丈原在縣南四十里君亮策馬往觀蓋二十五里得一深谿廣可十里水自溪中行即渭水上流也水南為太白山蜿蜒東走其趾為高原正當斜谷出入之衝臨水平坦數里如築而出者一見知為武侯下營處原上置侯祠水北有一丘相對

成齋曰、顧前且發武侯經世之作用、
桐雲曰、民生教養、斷不可少、武侯之功澤及萬世、
甕江曰、先審地勢、立論有據、與吾輩紙上空談異、
杏巖曰西北用兵、難在饋運、一語破的、
紫瀾曰、四字未經人道破、而確有至理、
成齋曰、用四渭字、而不厭其複、

卽司馬仲達設壘處、大抵陝西少水田、獨沿渭兩岸皆種秔稻、相傳爲侯之遺法、余聞君亮言、竊有感焉、夫據蜀者戰不得不於秦、非得秦中原不可定、然而侯出兵常不能持久者、以饋運不繼也、於是乎屯田於渭濱、以爲根據、一夕星殞、不能成其志、豈非天乎、夜發岐山、嫦娥屏影於雲間、如與人相避者、

八日、渡汧水、憩底店鎭、夜半起程、月光如夢、抵渭水、蓋渭水自寶雞東流過長安北、咸陽在其北岸、故余涉渭入咸陽、左渭而西行數日、至此又涉渭南走、而與渭始遠矣、立岸喚渡、夜未晨、無有應者、令轎夫代

成齋曰、初入棧道、

甕江曰、所謂難於上青天者、既已見其景狀、

桐雲曰、四句足抵一幅棧道圖、

中洲曰、能記難記、

敬宇曰、山中有材之地、人民製木器、彼此相似者有如此夫、

甕江曰、思鄉懷舊之語、從製器引入、妙、

成齋曰、隨所見而興感、與永定河一段同工、

櫂舟、

九日、抵益門鎮、則入棧道矣、溪水自萬山中來、亂石相排而出、涉溪踰危岸而行、一路羊腸、循山盤紆、仰視天光、如在井底、踰二里關、古大散關也、山益峻、路益險、下則深谷千仞、奔流激射、轟雷翻雲、下關十里、盲雨忽至、大如彈丸、下轎小憩、山中民多製木器、其法用圓木長四五尺、一頭揷小刀、置之短柱上、引繩旋轉、以木材觸刀、大小圓器隨手而成、與我邦箱根驛所爲酷相肖、因思前二年、出鄉趨東京、冒雨踰箱根之險、與二三門生相呼相扶而行、今乃涉萬里之

贅牙曰、有恪足未曾出門、其弱質多病、夐出二公上、乃衰老日滋、猶不能死、而及讀此冊、蓋亦幸中之幸莫過焉、
紫瓛曰、天入川中雲亦奇、
贅牙曰、轟雷翻雲、凡想也、大瀛仙路、奇想也、
贅牙曰、無石患泥、無泥患石、宛然函根情景、
香巖曰、棧中有兩石門、此其一也、
成齋曰、善狀、
紫瓛曰、數行中敘三事、無

遠、境殊俗異、而余與君亮、亦皆弱質多病、侵霧瘴、蹈嶮艱、其得不死幸矣、度煎茶坪、雨益猛、奔雲滾滾、隨開隨闔、須臾四面皆合、一氣混茫、從足所行、路乃出、如大瀛中浮一條仙路、飛行其上者、宿東河橋、冷似秋、

十日、過紅花鋪、山不甚高峻、而石角嵬峩、動欲傾跌、其無石處則泥滑無以措步、輿夫窘甚、投白家店、雨徹明不止、冷甚、

十一日抵石門關、陡崖壁立、望之如門、蓋以是得名、山之右聳者、騰空而下、蜿蜒如龍、與左邊一峰戴石、

重複累疊之病、其筆勝也、

曲園曰、人戴人句、摹寫極工、漢馬第伯封禪儀記云、後人見前人履底、前人見後人頂、如畫重累人矣、光景與此相肖、

成齋曰、賈漢復碥路之功、蜀中第一紀事、故首發之、

作虎形者、適相抵、如鎖鑰然、故又有雙鎖之名、關踞龍背、實棧道之咽喉也、過此地勢稍平、鳳縣即秦隴西地、自此以西、爲禹貢梁州域、阻雨留宿、

十二日、雨、

十三日、雨止、踰鳳嶺、孔道迂回、乃取捷徑、極嶮、後人戴前人而上、既至巔、有關、俯瞰衆峰、皆帖帖於肘腋下、乃知北棧中鳳嶺最高也、康熙中賈中丞漢復修治棧道、凡山肩石嘴可煅鎚之者、施工通路、名曰碥路、其層巒拱峙中夾巨流、山斷崖懸者、則緣溪架木或疊石爲橋、名曰碥橋、後人立碑嶺上、以頌其功、抵

聲牙曰、決水灌廢邱、章邯自殺、過戰地者、凡被水攻之城、址最宜著意觀之、令但曰封章邯處、讀記行者未覺。必贊一節文字、然後下文六字、研活潑也。

蘐江曰、用筆極肖吳船録。

香巖曰、余於留侯祠壁、留題二律、漸卿獲見否。

錢徽曰、別有天地非人間。

三岔驛路始坦夷、過廢丘關、項王封章邯處、宿南星街。

十四日、行五里、道左有碑、題對面古陳倉道六字、踰紫關嶺、石路高峻、下阪十里、抵紫柏山、有留侯祠、相傳侯辟穀處、山邃水匯、氣象深奧、庭中種芍藥及他草卉、白葩紅萼、鮮妍可愛、道士延升堂、具茗飲、堂後磴道盤曲、琢白石爲欄、以達于巔、巔有樓、安侯受書像、曰授書樓、松竹交青、淨不可唾、低徊之間、塵情頓消、眞清修佳境也、宿大留壩、蕞爾一小聚、亦置廳治焉、聞廳中一歲經費、率五千金、而民之所出不過二紫巖曰，奇景安可無奇筆達之。

桐雲曰，景奇而筆亦奇，妙在能達得出。

中洲曰，有奇巖怪石一句，前後對句讀而不厭。

朗廬曰，畫亦不及。

百七十金，餘皆取給于京庫，其土瘠民貧可知，冬天多獲豹皮，極賤。

十五日，踰畫眉關，亂石聳起，欲壓人而墜，抵青羊鋪，青羊水一名洋水，雨則漲絕路，過青龍寺，行里許，褒斜二水相會處，經三交城遺址，出武關驛，古武休關也，又有一水，藉小艇以過，抵武曲鋪，道旁大石題千古烟霞四字，山間有瀑，裊裊瀉下，風來颺之，如撒明珠，褒之水瀦則蘸藍，奔則翻雪，奇巖怪石，如蟠龍，如奔馬，棧道一綫，通於其間，行旅皆在圖畫中矣，將入馬道驛，有水曰樊河，水勢迅疾，不可橋，橫施鐵鎖七

紫巖曰其險可想
成齋曰一句總提以下細敘
中洲曰畫致
朗廬曰讀者亦覺目忙
香巖曰總括數句得要領
桐雲曰自賈中丞開棧道後行人往來如履平地不復歎蜀道難矣

條繫兩頭于石上排木板亭亭懸空徐行震撼不已疾步則否驛中薪樵賤如草

十六日過青橋驛抵新開嶺爲棧中第一勝境山皆如巨石砌成風篁露篠彌縫罅隙垂垂欲墜其下則褒水紆曲匯爲潭者漾青蓄碧深不可測沿岸皆平沙一白如雪與山嵐水鶴相映帶水西之山有懸瀑流入褒水架石橋曰臥龍橋橋西爲閻王碥賈中丞燬石闢路處蓋棧中之險有嶺有關皆以十數而碥爲之最碥之險有燕子有火燒有小鬼有青石亦以十數而閻王爲之最自中丞闢之險變爲夷石棧如

中洲曰。讀來肌生粟。

又曰。奇景狀得妙。

紫巖曰。古稱謝靈運爲山賊。此惡謔也。今讀此文。探幽鑿險。如畫如活。恐山賊尚不能爾爾。一笑。

中洲曰。吾邦奇石怪巖。往往剗字。俗了天景。東西同歎。

桐雲曰。羊腸鳥道。最爲天下奇險之境。苟非其人。則

砥。置佛像焉。更名觀音磡。有危巖聳。自像背。横劃數十丈。日光不至。水滴滴下。幽陰凄冽。夏而秋矣。崖轉路迴。怪石攢矗。有頂相抵者。有肩相倚者。有腹裂而噴沙。有股跨而奪路。盤旋始能得過。抵褒姒鋪。相傳褒姒生于此。經沙河。河源出褒城西北黑灘山下。東南流。至于此與褒斜二水合而爲匯。當雨漲則絶渡。抵將軍鋪。一大石屹立水中。狀如兜鍪。名將軍石。面鑴屹然砥柱四大字。自此一蹊旋轉而上。曰七盤嶺。嶺下二大石臨溪對峙。所謂石門也。故道循麓。由石門而行。漢熹平中。揚淮嘗作頌。今則路轉出山脊。而

亦忽略過去、此地之所以貴人傳也、讀君此記、不啻置身青嶂碧巖間、
紫巖曰、從旁而烘染、

曲園曰、漢光和中白石神君碑又非此也、

敬宇曰、好怪邪人亦甚焉、非獨華人也、浩歎、

海南曰、七盤旋轉、瀑又遮徑、其險可想、至是豁然開達、其喜亦可知、

急則瀑水四集、不可過、因新架石橋、曰天心橋、過橋
路益高峻、又無樹林可蔭、一步一喘、登涉之艱極矣、
巓有關、曰雞頭關、前大石狀如雞頭、故名、關上祀關
帝、羽流設茶亭于旁、行旅咸就憩焉、隔溪山腹有白
石、瑩然照映、相傳爲漢時山神所化、道光中有二煉
師就關西偏、依山架木、設像奉之、過者多進香、號白
石土地廟、髮逆之亂罹災、同治中再造、輪奐映日、禱
福之碑、纍纍相依、數里不絶、甚矣人之好怪也、出廟
（聱牙曰、原道一句捕入、）
則眼界豁然、褒中縣邑皆集于履舄下、秦棧至此盡
（得妙、）（紫巖曰、一句、）
矣、下山七里、宿褒城縣、漢中府在褒城東十餘里、實
（總束、筆力千鈞、）

中洲曰、兒童走卒亦知敬公、
敬宇曰、蜀之名高天下、由于宋玉司馬相如諸葛武侯杜子美蘇家父子、而武侯爲之魁、何得不詳述矣、

南鄭也、
十七日、發褒城、抵黃沙鎮、水經注云、鎮武侯所開、或曰、侯製木牛流馬于此、過舊州鋪、抵何家營、沔水自營南過、隔水一山爲定軍、轎夫忽呼曰、武侯墓、武侯墓、（成齋曰、伏下文、）蓋墓在山腹蒼蔚間、未至沔城五里、侯廟在焉、古柏數十株、四面垂翠、與畫簷朱棟相掩映、廟中安侯塑像、葛巾羽扇、儼然儀型、不覺改容、像旁有石琴、長一尺六寸而贏、徑一尺、崇殺徑之八而又微贏、上刻章武元年四字、古翠可愛、叩之淸越、相傳爲侯所愛撫、據史、景耀六年、習隆等表請就墓立廟奉祀、以從

香巖曰、以籌筆驛爲是、

成齋曰、應前、

中洲曰、幽邃深欝、使人肅然、

民望、詔從之、沔陽之廟、蓋始于此矣、廟及何家營舊州鋪、皆爲古陽平關遺址、侯經營中原、前後八年、多駐軍于此、或云廟卽籌筆驛、或云行營遺址、未知孰是、陳倉道在祠東北二十里、由百丈坡而行、侯出兵散關、魏武由陳倉入蜀、蓋皆從此道也、廟右數十步有馬超墓、渡沔往拜侯墓、沿水而東可十里、有堡子坪遺址、卽侯舊壘也、過廻水青龍二橋、入墓門、門中有小祠、亦安侯像、過門數十武、一土堆隆然而起、實爲侯墓、墻垣圍之、墓上草冷冷常濕、松柏參天、遮蔽日光、其枝下垂數十尋、翠色欲滴、墓後二桂樹僅出

敬宇曰、急着

穆峰曰、引據的實、

香巖曰、通人之論、

成齋曰、篤論可以解千古

地、則皆岐爲六七、大皆數圍、蜀中桂樹無結子者、獨此樹結子云、君亮乞得數枚、明萬曆中、趙健來相地勢、指侯墓爲僞、遂就墓後數武更立一碑、東北面題曰漢丞相諸葛忠武侯之墓、按蜀志曰、因山爲墓、不起墳隴、水經注又云、因卽地勢、不起墳隴、惟深松茂柏、攢蔚川阜、不知塋墓所在、夫北魏時、距侯沒不甚遠、而道元之言旣如此、不知趙健何所據而得實之也、嗟沔人之於侯、飮食必祭、水旱疾疫必禱、墳曰爺墳、廟曰爺廟、歷代相沿、以致崇敬、其所傳必不誣也、蓋侯之英靈、洋溢乎千歲、體魄所藏、岡巒環圍、松柏紛紜。
敬宇曰、豈唯定軍一山、舉全蜀之地、謂之侯墓、亦何不可。
甕江曰、魏武造七十二塚、人不搜索其藏魄處、孔明不起墳隴、後世爭建廟作墓、忠奸之報、相懸如此。
敬宇曰、中央議論、非有意於文、而文情自妙、文心自至、敬服敬服。
又曰、陸放翁曰、定軍山前寒食路、至今人祠丞相墓、松風想像梁甫吟、猶思幡然答三顧、余好誦此詩、今讀此文、不堪神往。
桐雲曰、能將武侯命葬心事、旁推互勘、曲折傳出、昭如日星、不意諸葛公於二千餘年後、得一眞知己。

葱蔚、望之者、誰不肅然起敬、則舉定軍一山、皆曰侯墓可也、若必求尺壤寸土、以實之、鑿矣、山下一水環繞、其汭可容萬軍、即黃忠斬夏侯淵處、顧侯與昭烈水魚之契、千古無比、其葬宜依惠陵而葬也、乃遺命葬于定軍、後人遂言、山有王氣、侯墓方絕山脈、此風香水之說、兼曰、有識固無足取焉、或以爲沔古陽平、其地控三關、當蜀道咽喉、侯死葬于此、遺靈猶壯山河、是乃風雲護儲胥之說、稍爲近理、然不如嚴如熤之言最爲得侯之志也、曰、高祖封漢王、都南鄭、由故道度陳倉、還定三秦、是沔陽固兩漢帝業所由基、昭烈之興也、由穗峰曰：定軍千古名地，故窮力叙寫，排俗傳，駁妄說，末引嚴氏之言，畢之，不復着一語，妙甚。

葭萌米倉，進營定軍，馘淵走操，當時君臣，憑定軍形勢，慨懷先烈，昕夕規籌，爲興復大猷，則定軍固侯與昭烈壯志之所寓。其後侯獎率三軍，北定中原，營于定軍，申明陳法，築城峙糧，崎嶇褒斜，鞠躬盡瘁，死而已者，侯之身；死而未已者，侯之心。埋骨故壘，丹誠耿耿，依昭烈與高帝之靈，告後人以興復之必在漢川者，詎不壯哉。夜宿沔城。

十八日，雨霏霏不已，抵沮水鋪，爲漾沮二水會同處。沮水出鳳縣，卽沔水，經老林數百里，受諸溪澗水，西流至此，合於漾。漾水在甯羌大安驛北十里，入沔縣

鰲溪曰、妙在輕點、

紫黻曰、簡潔、

又曰、水聲潺潺、常語也、加一激足字便精警奪目、化朽腐爲神奇、自是君身有仙骨、

境、又東合玉帶河、既與沮會、更挾白馬舊州黃沙諸水、東北流爲巨浸、禹貢嶓冢導漾、東流爲漢是也、經青羊驛、宿大安驛、是日道路險夷相半、沿塗新秧蒼翠可人、

十九日、大安至黃壩百四十里、溪澗溝渠甚多、所謂七十二道脚不乾者、過烈金鋪、路岐爲二、左出走陽平關者爲松龍捷徑、取右路而行、抵大寬川鋪、兩壁相轃、視天一線、水漱足潺潺然、踰五丁關、古五丁闢（香巖曰、即古金牛峽、）山處、巖巒陡峻、亂石嵯峨、路廣不過數武、秋潦一下、波流激湍、縱横回轉、行旅病于經涉、抵滴水鋪、峭壁

中洲曰、危處變爲奇文、

紫蔽曰、天下事大都如斯、

翼張、有水滴滴不絕、因得名、經溪流數道、抵浣石舖、過柏林驛、又經小河十道、宿寧羌州、是日走山嵐間數十里、雨又不絕、在轎中衣襦皆濕、

二十日、衝雨發、經小河四道、過牢固關、抵黃壩驛、所謂脚不乾者至此而盡矣、踰閔家坡、山隘而窿、次爲七盤關、尤高峻、會天雨泥深尺許、足一陷不可復拔、乃取道于山麓、自溪中行、水深沒膝、輿夫躡石以取淺、左深則右、右險則左、余在輿中搖搖不已、舍正路而僥倖於危險、似智實愚矣、宿木寨山、一名數塲、夜寒甚、一燈閃青明滅、覺鬼氣逼人、

二十一日。出日杲杲。人馬生影。過神宣驛。相傳爲古籌筆驛。抵龍洞背。即葱嶺。有洞名曰龍洞。一水奔突。趨于洞中。有聲潨然。嶺上有玉皇觀。甍宇紺碧。隱見于林木間。循叢薄而登以達巔。大石攢列遍地。有昂頭而仰天。如巨黿者。有隆肩而曲喙。如橐駝者。有如蜂房者。有如燕壘者。傴僂而跪拜者。僨起而暴怒者。面平如砥者。頂鑯如筝者。鐘卧者。鼓懸者。鑿成七竅者。皴裂成披麻皴者。殊形詭狀。備極奇觀。道左又有屹然矗立。如數朶蓮華相附著成一大片者。高廣各可三十尺。最爲絶特。葱嶺古龍門閣。記之者曰。石壁

桐雲曰。八字雋而有味。

敬宇曰。新晴曉景。寫得如畫。非慣旅程者不能言。

甕江曰。種種形容。造語新奇。不襲鄭與柳。苦心可想。

敬宇曰。細寫大石詭形異狀。頗與蒙莊語地籟相似。

香巖曰。觀大斧劈披麻皴諸語。作者必通畫理。

斗立虛鑿石竅架木其上比他處極險杜少陵亦云途危石滑今則孔道豁開蹈磴而上矣宿朝天鎮鎮枕嘉陵江距昭化百三十五里乘舟而下一日可至然大險矣

二十二日踰朝天嶺石磴盤空爲之字狀數步一憩賈勇而上前人之已遠者却來在後人頭上矣蓋蜀道之難在棧而北棧鳳嶺爲最高峻西棧則莫過於朝天遍山大石皆穿百孔自面達背如水波衝擊而成者隔江斷崖有飛瀑數條皆異其勢有數級相承水循焉而散漫如氷綃段段相續飄颻于虛空者有

西疇曰以下如讀水經酈注目眩心悸
又曰讀工部詩須先自此文入去
成齋曰前曰後人戴前人狀其直高此又狀其迂回而上
中洲曰讀去如躬攀之字磴名手妙手
紫巖曰描寫盡致畫石之外又畫水不識較諸王摩詰五日一水者何如

桐雲曰、雅利浩闊、今亦當擱筆。
中洲曰、飛瀑異糅、寫得判然、若借此筆寫日光山七十二瀑、為七十二瀑文、何等壯觀。
穗峰曰、我邦豐前羅漢寺與此相似。
中洲曰、不可無此一輪

崖腹深陷、水自崖唇一直瀉下、如萬斛珠璣傾筐翻倒者、洵巨觀也、沿江之山、其著者曰金鰲、曰飛仙、皆生毛而小矣、抵千佛崖、斷壁拔江而立、唐利州刺史韋抗鑿為棧道、鐫佛像于崖面、爾後繼鐫者益衆、有如巨人者、有不盈尺者、有立者、有坐者、有特露頭面者、有笑若顰者、有合掌者、有舉手者、刻劃精巧、金碧輝煌、崖盡則石櫃閣、與龍門飛仙號為三閣、閣中羅漢寺、乾隆中所創、一農夫耕於山腹、獲石似神像者二十餘軀、以稟官、官為募化作寺奉之、即是愚氓喜怪、猶可恕焉、官而誘掖之、何與、宿廣元縣、為古利州、

西蜀之首站也、夜多蚊、初設幮、是日爲清曆閏五月
朔、
二十三日、過揄錢舖、踰桔柏渡、宿昭化縣、嘉陵江自
朝天鎮貫群山之間而走、以至于昭化、雨輙潦集、道
之憑高者善崩、低則没水、近歲相勢施工、就其低壘
石成隄、就其高伐木爲埂、覆土爲橋、行旅始免於患、

中洲曰、遇盜亦入文、覺新、

夜有盜奪衣物去、
二十四日、阻雨、
二十五日、微雨、發昭化、有費禕墓、踰牛頭山、屏障西
南、蜿蜒而穹窿、古名天雄關、有祠祀關壯繆、憑欄遐

成齋曰、文辭直與劍山爭奇、而雉堞一句、尤爲警拔、
中洲曰、多少奇景、得一喩、瞭然在目、
香巖曰、少陵劍閣詩、最得形勢大概、此尤詳細、

矚、四壁山光、一虹烟水、宛然畫圖也、抵大木戍、即古白衛嶺、極高峻、當前崛起者爲大小劍山、層層相倚、綿延南北且百里、在南者其鋩森然、指天、在北者皆攢歕于西南、益進與山近、北者隱蔽不復見、南則陡絕、如削、横劃一帶、高者三四丈、低亦不下於尋、望之、如雉堞上排千百鋒刃者、半腹以下、陵夷、而大石錯落張、勢爭雄、皆潤黑作鐵色、行里許、截然中斷、上疊石爲關、即劍關、一曰劍門、又曰劍閣、過關數百步爲姜伯約駐軍處、其下一水瀧瀧鳴、隔水丘上有伯約祠、過祠入劍關驛宿焉、是日山路極峻險、其土赤埴

紫巘曰，得此數句，又與以上描摹奇險迥別，何物文心狡獪乃爾。

中洲曰，處換景變處，非高手不能得如此。

敬宇曰，看山與讀書同，故解讀書法者，必解看山法。余久抱此說，而今又徵於茲卷矣。

成齋曰，說攻守語短勁。

而滑，坦處敷石，陂則爲磴，以防顛跌。余自得劍山，步步呼奇叫快，不覺轎中傾軋之苦也。

二十六日，冒雨行里許，得一山，穹然而迤長，兩邊陡絕，巔則平坦，官道所經，有華表揭天成橋三字，停轎北望劍山，其岩嶤爭峙者，皆成大斧劈，纍纍不絕。又有突起其後者，綿數百里，愈遠愈峻，鋒鍔皆聳于雲表，而嚮所謂雉堞則無見矣。蓋關前後山勢皆成劍鋩，而取趣各不同，是天之所以鑿一門而截斷之與。（紫巘曰，隨補隨敘，無呆板之弊。）

宿劍州，州城北負漢陽山，南面鶴鳴山，山左右合，而城適當其逕狹，而與其勢宜攻而不宜安。

曲園曰、元袁桷清容梓潼青詞有云、維桂籍固嚴於取與、而芸編復驗其勤勞、又梓潼醮齋文云、允懷一經敘子之心、適值大比興賢之歲、雖登崇有數、難以

二十七日、過柳池溝、抵武侯坡、武侯出師常憩于此、後人因立祠焉、宿武連驛、古武功治也、北山覺苑寺唐貞觀中所創、至宋寶元始賜今名、寺有顏魯公逍遙樓三大字碑、字徑且尺、筆畫遒勁、真可寶也、是日微雨、

二十八日、過上亭鋪、一名琅璫驛、即明皇聞鈴處、抵七曲山、有文昌廟、極閎麗、文昌不知何神、道家謂上帝命神、掌文昌府事、并人間祿籍、元仁宗加封輔元開化文昌司神帝君、其祠曰右文成化、世遂謂文昌實司科舉柄、延入學宮、正學之不講、人心之卑污、可

預祈、然神化無方、終期默運、然則士子乞靈於梓潼之神、蓋自宋已然、
蘭坨曰、科舉之法、隋唐至于今日、上求其實、下應以名、人人有徼倖速化之想、於是文昌之祀、遂徧天下、而茫然莫問其所始、嗚呼可以觀世變、
中洲曰、如吾邦徧祀菅廟、則有謂、
敬宇曰、東坡詩曰、北客初來試新險、蜀人從此送殘山、送險之名、或原於此、
成齋曰、兩棧已盡、故述棧中全形、
蘧江曰、意到筆隨、麻枯撥癢、
敬宇曰、使耳聞巴蜀之險、恐懼裹足而不復西者、頗

勝。嘆哉。對廟巖上有盤陀石、相傳爲仙蹟、亦祠祀之、祠上古柏一株、蓋千年外物、無鱗甲、無枝葉、挺然矗立、若虬龍、繚以石欄、攀欄試爪、以驗其枯否、覺微有津液、下山、則送險亭、蓋西棧之險至此而盡、所以名也、（紫。巖。曰、借亭名、以束奇文、可謂俯拾即是、）初余經直隷至西安、一路荒凉、稻米不易獲、意謂中原秦中而如此、蜀棧則深箐宿莽、狐兔所竄、虎豹所嘷、道塗險狹、行旅皆負擔而過、無由得粒食也、既入兩棧、山間之地、皆墾爲田圃、巖縫石罅、無不蒔麥、所至雞犬相聞、牛羊載路、路之險者、鑿而闢之、棧之危者、磴而欄之、宛爲康莊、兩騎聯而走矣、都邑則繁

起一遊之思者，非此文耶。

紫黻曰，餘音繞梁，三日不絕。

成齋曰，老柏、松、竹、桑樹，叙植物蕃盛，以補前段之遺。

成齋曰，鉅流亦砌石塗堊，與中原之無河道，豈別

盛，客店則闊壯，肩輿絡繹，晝夜不絕，小站亦皆炊膏粱以待客。吁，天下之事，每出意料所不及，非深于閱歷者，寧可與語之哉。下古瓦關，關下有劍泉，寒冽沁骨。抵梓潼，顧望來路，惟見群山萬嶽，翔舞於雲際，恍然疑從九天飛下也。

二十九日，雨，發梓潼，劍關至此，老柏夾道，大皆十圍，（中洲曰）相傳爲蜀漢時所植。（諸葛遺跡，亦可以觀）抵宿化鋪，翠松蒼竹，依依近人，又多桑樹。過炕香鋪，殷雷一轟，暴雨傾注，渡涪水，宿綿州。涪水爲西南鉅流，砌石爲隄，塗以白堊，皎然如雪。

紫巘曰、文亦有出險入夷之致、

成齋曰、一幅桃源圖、

中洲曰、佳誌、

中洲曰、記器械處、每每精細入神、非百鍊之手則不能、

三十日、渡茶坪河、行數里、有石屹立于水厓、秀聳矗舉、大如一茅屋、面鐫飛雲蕩鶴四大字、經邑角舖、夾路秧田、方經新雨、蒼翠染衣、山回溪轉、松竹深窈、茅舍八九、乍見乍隱、炊烟如帶、隨風搖曳、適有驅犢至者、放歌一聲、響震林表、顧余而笑、豈沮溺之流歟、過朝天寺、在古爲翠望亭、因明皇得名、蓋取翠華臨幸之義也、縣志載陸放翁遊翠望亭、讀宋景文題詩、今無所考、宿羅江縣、梓潼以西多水田、其臨溪者、設一大翻車、輪上遂次繫數十桶、桶皆可受二升、水盈桶中、車輙翻轉、致之岸上、以注于田、其距溪稍遠者、鑿

中洲曰、讀者亦眼界忽豁然、不覺呼快、吹烟者久之。

池蓄雨、以資灌漑、大抵陝東北土、灰白而疎鬆、陝西南則赤埴且膩。

七月一日、抵白馬關、翠柏滿山、龐靖侯祠在焉、渡綿陽河、抵德陽縣、自此西南廣袤千里、土厚水深、眞天府也、東北環以群山、巍峩相倚、西北則一髮遙翠、浮於天際而已、又涉水、過小漢鎭、宿漢州、

二日、過彌牟鎭、有八陣圖、四旁象城門、中置土壘、高約三尺、逐序羅列、今猶存七十有一、廣輪蓋三十六畝而贏、有武侯祠、面八陣圖、其背則鎭城也、祠旁攤雜貨以待客者、店相屬、往來成市、聞蜀中八陣圖有

二焉、其在夔州魚復浦者、蓋行營布陳之遺制、所以防江路也、彌牟則爲成都近郊、豈其平昔講武之場乎、駟馬橋卽古昇仙橋、司馬相如題柱處、過橋又有武侯祠、從祠前過、入成都城、

棧雲峽雨日記卷之上 終

成齋曰蜀中蓋我甲州之大者其土產饒富亦略相似

棧雲峽雨日記下

三日過骨董鋪書畫玩具無足觀者書肆則所在布列卧龍橋前後最多青編縹帙紛綸乎庋閣間文學之盛可知也成都為四川治所全省之貨皆集焉所謂四川者蓋取名於岷江沱江黑水白水四大川也九霞蔡氏曰北走秦鳳有鐵山劍閣之塞東下荊襄有瞿唐灩澦之險南通六詔有瀘水大峩之固西拒土番有石門崆峒之障山林襟束自爲藩籬故蜀不苦外寇然姦雄內作懸車束馬勢不相及有難猝定

桐雲曰全蜀形勢瞭如指掌

敬宇曰據此言則廣輿記可備參考之書也一省之論形勢與目親歷之者符合則他省亦可知矣

成齋曰以上說地形以下說土產

者矣要之成都堂奧也灌口門户也威茂松黎藩籬也故劍門不足恃而慮在松潘松潘以孤城介番域而寄喉龍州設爲羌戎所截則疊溪以南可建瓴而下黎州不足恃而慮在維州維州在保縣外不百里維州不守則由靈關可抵雅州由草坡可抵汶川由泄里壩可抵灌縣由清溪口可抵崇慶詎獨門庭之禍哉至若烏蒙烏撒蠻獠雜處撫綏失策易生兵釁於敘瀘有唇齒之依可勿慎乎余自秦隴經劍閣以入于蜀審其山川形勢深服蔡氏有獲乎全蜀守禦之要也蓋蜀地方數千里多産金銀茶葉煤炭蠶絲

甕江曰、先提大綱、以下畧畧分目細寫、

成齋曰、論土產說財計、宜於首府、故在成都發之、

甕江曰、詳擧土產多寡盛衰、此是范陸二記之所未有、

桐雲曰、臚陳物產、縣志無此詳細、

之類、然隨地氣盛衰、所出亦不能無古今之異、鹽源縣會理州、皆屬寧遠、乾隆至道光、出金銀尤多、同治初、各坑皆廢、二十年來、無復興其工者、雲南近亦不產、金銀緬甸界上、或有多出者、然皆爲土人所占有矣、歐洲人云、蜀西北沙中出金、不知其果然否、茶樹古稱最多、明季荐遭兵禍、斫伐無餘、清興以來、荒蕪日闢、多種秔稻諸穀、獲利已厚、故栽茶不廣也、如蠶絲不及江南之多、遠甚、價亦視南省所出多寡爲低昂、即以極盛之年言之、轉販於他省者、不能過於十萬金也、產煤之地、成都則灌縣、叙州則慶符、重慶則

隆昌永川榮昌其他所在有之、而以灌縣隆昌爲上品、每斤價十數文、然獨官吏及富者用之、衆庶則皆資于薪柴、又乏棟梁之材、峻嶺懸崖或有巨木、然搬運甚艱、故成都造廈屋、多砌磚瓦、獨中堂用巨木而已、藥材尤推大宗、全省所出、每歲率不下百萬金、大抵蜀地皆肥美、而廣元昭化梓潼劍州未免屬下等、綿州抵省城皆上上、省城至簡州資陽爲中、資州至內江隆榮又爲上上、而永川璧山則又中矣、民質直而剽悍、然五方雜處、匪類亦多、俗素信佛、輓近則駸駸入于祆教、全省教會蓋至數十萬云、

香巖曰、蜀中柴富於煤、故用柴者多、

敬宇曰、此等在愚屬異聞、

成齋曰、以下述地質民性之概畧、

竟江曰、利之所在弊害隨、可不畏乎、

香巖曰、其俗信佛、尚不如江南之甚、

又曰、天主教實爲人心世道之憂、

聲牙曰、可謂於人則見陳江安矣、
敬宇曰、論地勢、論風土、而已、猶未免索莫、故訪問人物、評論前哲、追憶風采、氣度頗使叙事宛轉有致、文境變化不窮、能事畢矣、
又曰、楚材晋用、自東周時已然、甚矣楚之多材也、
甕江曰、近讀中興奏議、先正事略、知諸子之才且賢、此非溢美也、
蘭坡曰、文正古文卓然大家、在本朝爲第一流、至勲業之隆、學術之正、漢唐以來、無可比擬者矣、
成齋曰、陳光叔眞偉人矣、

四日、江安知縣陳錫鬯來訪、風采藹然、君子人也、其父光叔先生於書無所不窺、所著有經義若干卷、嘗道光末年、知天下且亂、謂人曰、不出數歲、國難必起、惟楚材足以靖之、蓋楚材之尤著者、爲曾文正國藩、及弟國荃、左宗棠、胡文忠林翼、羅忠節澤南、李忠武續賓、李勇毅續宜、江忠烈忠源諸公、江羅二李皆善用兵、常以寡破衆、胡曾左則有雄才大略、而曾學術尤優、經學兼該漢宋、古文亦蔚然可觀、光叔先生皆夙識之、及髮逆之難、數人者果相繼徵用、遂能盪平之、其精於賞鑑如此、錫鬯同治十二年署新繁知縣、

夔江曰有斯父乃有斯子

敬宇曰鼓角漏天東杜句也曰漏天則多雨者不待言而知之矣

朗廬曰有名君臣得有名作何不千古

勤恤民隱興利除害不遺餘力去冬交卸士民聯名請留任者數矣格於令甲不獲回轅之日爭設紅帷數十里以餞之一時傳爲美談

五日六日七日皆雨自入蜀雨常居十之九詢之曰每歲夏天陰雨連綿范記云蜀中無梅雨未必然也

八日雨止出南門過萬里橋行三里謁先主廟廟宇南向昭烈塑像冕服當中而立北地王及關張龐數子陪侍左右文武諸臣皆羅列東西二廂武侯則別置祠于廟後杜詩所謂錦官城外柏森森者是也廟左有一池菡萏正華清香襲人沿池右折數十步歸

紫巘曰、借導者口中引出浣花草堂、文心又變、

中州曰、草堂詩曰、步屧萬竹疎、尊稿中慈竹挾路者、豈其遺乎、

甕江曰、子美放翁與蜀主君臣、並廟食千載、則曰文章不若富貴功名、吾不信矣、

香巖曰、同谷與東柯西枝兩邨、皆在秦州、

桐雲曰、杜少陵草堂遺址、與蘭亭相彷、年代較遠甚、基

然一丘、翠柏蒼竹四面圍繞、即惠陵也、導者曰、浣花草堂去此不遠、盍往觀焉、乃出廟門、西北行五里、得浣花橋、蕭然一小矼耳、過橋數十步、入草堂寺、殿閣巍奐、像設莊嚴、自殿西透邐而左、慈竹夾路、翠徹眉宇、愈進愈邃、清流屈曲、修廊相屬、而杜工部祠在焉、像崇三尺許、衣冠而坐、其左邊刻像石面、祔祀者爲陸放翁、祠西引渠成池、有鼈數十、浮出水面、見人無畏避之狀、草堂寺自梁時已著名、工部流離秦隴、卜地於西枝邨、將置草堂、爲詩紀之、未果、乾元己亥冬、入蜀依嚴武、其居適與寺隣、遂名爲草堂、今祠所在

址久廢後人聚訟附會穿鑿不一而足然終無實跡可考矣今之所建亦名存而實亡耳

敬宇曰立祠亦不過循故事雖舊習姑從俗尚不事變更而已若如此祠一一而毁之則名曰正俗而實爲擾民故以余觀之如此類任人民所爲而地方官不與焉猶爲有堂堂大國之氣象焉洵可尚也

覽江曰曾讀綏寇紀略明季遺聞蜀碧諸書流賊所過雞犬無遺讀到此不覺使人慘然

朗盧曰海外良友可欲僕嘗曰予細商量遊賞趣二分山水一分人此内猶然

即遺址也歸途過青羊宮規模極大中設劇場商賈雲集百貨山積人雷汗雨殊爲可厭（朗盧曰其爲名都可想哉）支機石在滿城君平街焦家巷崇四尺餘廣二尺五六寸厚可一尺面平而頂斜殺黝然淡黑不過一頑石也乃相傳以爲天上物立祠奉之人情喜誕往往迺爾問躍龍池廢已久相如宅亦存名而已蓋蜀地經張獻忠之亂文物蕩然遺跡舊蹤無從考究其存于今者槩屬後人摸擬云

十一日議買舟東下時水大漲江路危險乃取陸路會陳錫鬯趣重慶府因約與俱卯牌發錦城路上鬻

況外國乎、

甕江曰、本邦邊邑有大里小里之稱蓋此類、

朗盧曰、本邦蔗近日爲外洋品所壓不可不憂、

石、平坦如砥、過大面鋪、宿龍泉驛、

十二日、發龍泉、山坡聯屬、但不高峻耳、踰山泉鋪、大霧起于巨壑、倏忽四塞、數步之外、不辨人馬、抵石橋鋪、街市頗繁盛、沿雁江而行、過古折柳橋、爲唐刺史雍陶題名處、今則橋已廢矣、路左右橘樹遍野、纍纍結子、如綴碧玉、宿簡州、是日行程爲七十里、其實可百里、蓋山巓水涯、夷險不一、故里程不無伸縮、所至止記大數耳、

十三日、過林江寺、宿資陽縣、蜀中多產蔗、蔗有二種、紫色者少液、只供咀嚼、青者以製糖、糖價極廉、成都

紫巖曰、又同顏、
成齋曰、殷阜可想、
紫巖曰、六朝佳句、
朗盧曰、清爽可想、

至重慶卽川東官道、而道路橋梁修治殊至、田野闢開、邑里殷富、非復川北之比、客店大者可容千人、店中或有設劇場者、

十四日、侵曉發市聲未囂、棹舟濟雁江、殘月在水、涼氣可掬、宿資州、卽漢時資中縣、城北有鳳躍舊跡、

十五日、過唐明渡、卽珠江也、將入銀山鎮、斷巖屛立、刻明人詩數章、松柏垂蔭、一蹊從其下、過不風而冷、宿內江縣、

十六日、路右多鹽井、皆深約二三百丈、廣不過尺、汲井之方、巨竹穿節、接數竿爲一長筩、底施獸皮、以深

紫巌曰、造語精警、似子。

甕江曰、邦人作文、長於議論、短於記實、此種筆墨、吾不能不贊揚。

甕江曰、漢時講利者、主鹽鐵、宋元以降、賣爲鹽茶、茶盛衰畧述於前、此擧蜀州鹽池、歷代鹽政、非通經世之務者、不能道也。

梅里曰、地距海遠、則必有鹽池鹽井、造物之爲人、可謂密矣、春秋傳所謂郇瑕氏之地、沃饒近鹽、即是歟。

挿水、水排皮上、湧塡箭中、便引出之、皮乃塞底、而水不漏、有一大筏、繫箭裊裊不絶、遠接于車、以繞車輪、牛挽車轉、箭則冉冉出井、牛又逆行、放箭下井、蓋牛之行有順逆、而箭之出井緩、其放之也急、以輕重不同也、箭已出井、有槽承水、以筧注鍋中、煮之爲鹽、每斤價七八文、至宜昌則三倍矣、蓋蜀域之出鹽有數種、其煮海而成者薊遼山東兩淮廣南閩浙是也、挹井者蜀及滇黔是也、沃水於土、或値雨過、鹽氣自然滲漉、因煮之而成者河北營幷是也、崖砿崔巍、雨淋日炙、自然而成者階成蘭鳳是也、若夫巴東朐腮井、

香巖曰鹽價亦有高低非獨值也楚民喜食川鹽非以價低以質高耳
對山曰弊所必至乞言揭之
見山曰法久弊生凡事皆然鹽漕河三者爲吾華要政不得其人則不治得其人不能盡其長則亦不治此近今所以益壞也

水凝成鹽當中突起四邊漸平鋪如張傘狀解州則薰風自南一夕即成鹽此其大畧也鹽有定例凡沿海州縣及有鹽井鹽池者皆聽民煮之官出帑收買戶部乃給鹽引於商就塲照引受鹽又必掣之於批驗所故受鹽多寡皆可按引而知其運販亦隨引所定各異其地謂之官鹽若一犯界即爲私鹽夫分疆畫地不得引與地相乖於是乎近楚者不得食於楚近蜀者不得食於蜀而私販起矣且鹽商各衙門皆有額規不得稍有虧欠加之地方文武官吏誅求無算各項費用盡資之於鹽故官鹽必昂於私鹽此私

犖牙曰家有鹽泉之井户亦橘柚之囿也誦之於口今也接之於目凡入蜀者固不得不惜筆也此段遂詳録採鹽併論及鹽法雖無關於記行亦時務不得不然

敬宇曰上叙鹽之事委曲周詳至此以斷語結之文乃有著落

桐雲曰鹽政積弊自古已然人盡知之鮮有能祛之者唐劉晏制法盡美尚有未盡善之處讀君此論知深於經世之學矣

販之所以日盛而不可禁官鹽之所以壅滞而虧於課額也唐劉晏爲轉運使用榷鹽法以爲官多則擾民於是於出鹽之鄉獨置吏及亭户榷鹽轉鬻之商任其所之舊時諸道有榷鹽錢商舟所過有稅錢悉奏罷之是法頗善但置吏販鬻猶易啓弊竇余則以爲凡産鹽之地計眞竈若干出鹽若干以收其稅聽商民就塲賣買隨便轉販不必給引則商民均賴其利官亦庶免乎虧鹽課之憂矣買舟下珠江三十里抵碑木鎮復舍舟而轎經雙鳳驛過銀匠街宿隆昌縣縣多出絺綌價極廉

朗廬曰、誰不欣然、

桐雲曰、此論最爲警切、不得爲許

聱牙曰、德政坊節孝坊雖非乏事、要之水齋生蟲、不爲盛事也、

十七日、過李市鎭、稻花方秀、清香冉冉送人、不絕、宿榮昌縣、夜熱如蒸、

十八日、戴星而發、避熱也、經郵亭鋪、宿永川縣、苦熱通夕不寐、

十九日、蓐食上程、過馬方礄、宿來鳳驛、自入川省、每縣有德政坊、每閭有節孝坊、坊皆華表、兩柱刻獸上題聯句、又揭扁額、鏤金施彩、最爲壯麗、所費率數百千金、頌德政者多、近世人、蓋數十年來風俗澆漓、循吏不易得、遇有治功稍優者、民俱推奉、必爲建坊、若節孝坊、則其子若孫請諸官、官以聞於朝、合格輒賜

朗廬曰、奇府、

旌表抑亦見古今世道之變也、

二十日、夜半出店、過浮圖關、山峻轎危、軒則朝天、輊則俯地、殘夢屢驚、比天明、雨點點下、經白市驛、八龍洞關、滿山奇石、皆成淺白色、累累疊起、如波濤之湧、抵勞淳舖、雷洊雨急、循峻阪而下、則俯瞰大江、右挹江光、左掖山翠、東走數十里、抵重慶府、府依山爲城、高而長、如大帶拖天際、躡磴而上百八十餘級、始至城門、又歷九十餘級、乃出街上、范記云盛夏無水、山水皆有瘴、詢之、曰、瘴氣大減於昔時、但井不可食、特充洗滌之用而已、甕江曰，寫祆教之變，歷歷如覩。又曰，近日傳教師入我邦，讀至此，不覺不寒而慄。

香巖曰，他日蜀民必以天主教激成禍變。

梅里曰，隣舍之傷殘，乃我之藥石，當路者宜寫一通寘之几上。

二十一日，清曆六月朔也。初余在成都，聞重慶有祆教之變。至則已平矣。蓋祆教之入蜀，民皆不喜，而奸宄無賴之徒，爭竄名於教會，恃勢橫暴，民益惡之。然司教者略不經意，民訟之官，又不得直。由是忿懣不能平。至同治十二年，遂寧諸縣民群起殺教徒，而今茲又有江北之變。江北與重慶相對，別置同知官一員。正月教徒之在江北者，放火燒民居數戶，團民即捕之。既而教徒又縛納粮廳城者三人，拔其鬚，爭折辱之，且死乃釋之。於是四鄉之民，不期而集，燬教會醫館，并傷殘教徒，遠近聞風起者十餘萬人。二月遂

朗廬曰直道也而可恐却在乎此

甕江曰使彼禁神像差强人意

香巖曰嘉陵江至合江縣與大江合尚在渝州之上

涉江南入府城將盡火教堂以甘心焉鎮道及地方官百方慰諭久之始退法郎西人范若瑟司教知曲在己執倡禍者三人獻之照例懲罰地方官亦令團首捕致首亂者頃之教徒又毒於井中以害渝州民執而鞫之即首服然未至結案也教徒之在江北者凡數千方民逐之江南城中教徒三百餘户見民衆勢張甚皆虞不能自保乃焚所崇奉神像更立天地君親師位於是比户皆放砲稱賀云

二十二日嘉陵江來注于江自是江勢益壯余將買舟屬陳錫鬯聽釆凡船上設艙槅牕欞者曰艕子供

中洲曰、用彼地套語、使讀者如目覩相揖狀、妙妙、

又曰、言忠信行篤敬、雖蠻貊行矣、况中華乎、

行旅寄載、其無之者大曰五板、小曰三板、皆裝載貨物、客亦得就搭焉、適有一大船裝鹽趨宜昌者、錫鬯勸余附載、乃告别錫鬯、相揖而祝曰、一路平安、蓋是邦送行常語也、嗟余自入蜀、卽納交於錫鬯、肝膽相投、事輙咨詢、依以爲西道主人、錫鬯亦自任不辭、今乃遽然分袂、眞所謂别離已異域、音信若爲通者、口叙常語、而誠發自中、黯然久之、遂自東門乘脚艇、順流而下、鹽船大受十四萬斤、入水甚深、以故泊在下流灘深處、距城十五里、就遷則日已中矣、下午拔錨、船上艣一、槳四、皆須七八人之力、方得操之、一長年

中洲曰、想見舟長面如鐵道、

朗廬曰、似吾邦不識蕃戰狀、

夔江曰、極瑣細事寫得入妙、

中洲曰、瑣屑事記得極細極微、非麻姑爬癢手不能如此、

紫溦曰、追敘法、

穗峰曰、方患之則不得打之之術、及得其術則已無其患、世間往往有此種事、

執大竹條、左右指揮、勃如怒、口角吐沫、聲如洪鐘、舟人、或嘶、輙號呼撻背、皆隱然墳起、成紫黑色、頃之創痕層層交背、旁觀亦爲酸鼻、泊何家嘴、一名唐家沱、初陸行、每宿苦蟲、不能安眠、蟲色淺紅、匾而圓、微成三稜、名曰臭蟲、不潔之所生也、以其伏于臥坑、又曰坑蟲、晝間無見、至夜就寢、四集噆膚、隨成微腫、癢不可堪、搔之見血、尋結痂、經月不痊、及上舟始免其厄、後聞蟲性怯油、寢藉油布則無患、

二十三日、舟初入巴峽、沿岸有石山、有土山、土山率墾爲田、民皆就家焉、魚子沱北岸一小聚、人家且十

中洲曰多情即至情
桐雲曰神情惝恍飛躍紙上
朗廬曰與陸記異筆同奇
香巖曰來瞿堂先生亦注易於此
朗廬曰道家未閻羅亦衆妙門矣
紫巘曰空中樓閣借舟子口中點出得法

餘戶並在一磐石上過草峽山中多出煤炭泊施家沱已暝山上新月纖纖畫眉離鸞入夢矣

二十四日過李渡一聚數十家皆石上搆家石大家亦隨大不築而基亦一奇也過涪州城市整齊山容亦嵬峩爭獻奇伊川程先生嘗謫焉易傳之著實成乎此想像高風不堪欽仰城東有一河舟人云舟揖能達于思南府經離石鎮抵酆都縣道家以爲冥獄在酆都遂以此當之紺壁隱約于山巔深樹間舟人曰閻羅天子所居山下則城市烟火依然人間世矣泊馬唐灣涪州至酆都皆得瑰巖怪石爲奇否則凡

中洲曰、仰視故奇、登之或不奇、何足憾、

山耳、
二十五日、過鐵門坎、急湍激蕩、忠州在南岸、滿目荒涼、殊無足觀者、抵舊忠州、方溪自南來入于江、水勢頗緊、過石寶砦、一大石四面削成、矗立三十餘丈、自趾起閣、層層爲級者十一、以屬巔、巔有一梵宮、磬聲隱隱出自雲際、以舟行貪程、不得一登、可憾、過武林關、抵雙渠子、漩渦疊起、舟所掀舞、一再轉纔得出、泊仰渡、夜熱甚、
二十六日、過胡灘、水勢漫緩、不復覺危險也、白水溪自南來、有一大盤石障之、水自石背散漫而下、旭日

甕江曰、宛然活畫、

紫巖曰、此例層出不窮、

中洲曰、形容怪巖奇石、各處各樣、文亦愈出愈奇、

朗廬曰、樊噲張飛同種人、能得所託、所以可傳、

映射熒乎璀璨、晒氷綃、摧玉簾、自此而東、奇石滿江、大者如飄大旌、如築層樓、長者跨于數里、如橋梁、如隄防、兩岸之山、亦坼如皴、如、愈出愈奇、舟行迅疾、左右顧眄不暇、至萬縣、縣城人烟稠密、頗爲殷富、將入巴陽峽、亂石堆疊、長數百丈、蜿蜒如龍、曰龍蟠石、水束而過尺、入峽益窄、若二大舟來遇、各槳相搪不可過也、雲陽縣城市矮陋、獨南岸新修張翼德祠、金碧爛然眩人目、過半邊灘、舟又過渦撇舞者三、泊廟磯子、亦熱甚、

二十七日、過三塊石、以三大石束水得名、抵靈姑洗、

中洲曰、關鎖、

盤渦盪舟、過安平驛、抵漫里三沱、舟又掀舞者數矣、抵夔州、街上人家多茅茨、瓦屋僅居十之一、同治九年、江大漲、城上水深丈餘、南門漂去、居民避水門上者、皆葬於魚腹、今未能復舊觀也、蓋城壁高於江面七八丈、而水出其上、數百年來所未嘗有云、大抵每歲夏秋、水長數丈、今玆則否、亦幸已、然昨來見舟舩觸礁破壞者再矣、吁險矣、而古人云未如人情之最險、果然耶、夔州禹貢荆梁二州之域、過此則荆州也、

二十八日、僦小舟、往觀魚復浦八陣圖、方在水底不可見、舟人云、天寒水落、則六十四蕝猶見其髣髴、夫

聱牙曰、魚復浦八陣、郭璞賦江而寂、酈元注水而寞、詩聖已後始噪于世、豈所謂愈遠愈著者歟、

穂峰曰、太陽之麗空而不墜、地球之旋轉而不崩、物之奇怪莫過焉、然其理則必有之、凡物極其理則天下無復奇怪矣、

桐雲曰、議論宏通、不泥陳說、非具大學識、鮮克辨此、

聱牙曰、城名白帝、正指公孫而名之也、不改其名、而徒改祀典、明人之陋也可笑、

纍纍之石、在渦回浪湧之間、經數千百年未嘗轉移、可謂奇矣、先儒劉隅謂、浦之上有溪、引江濤以趨北崖、岸有土壤易崩、故江漲則益趨之、唯浦隆然介其中、盤錯鬱結甚固、浦下則束以瞿唐、鎮以灩澦、江流抗於吭隘、漫渙而回、延滙于數沱、此浦又在回沱之曲、正其旋緩歇薄之會、而盪激衝撼之所不及也、故瞿唐不剗、灩澦不拔、則石無可轉之期、此論明確、足以破千古之惑矣、一山臨江而起、爲白帝城遺墟、舍舟由山後螺旋而上、殿宇巍然、舊祀公孫述、明時廢之、更祀昭烈、庭中有仙人掌數株、皆高過一丈、所罕

桐雲曰、句奇語重、
紫巘曰、有此奇景、有此奇句、
穗峰曰、如積亂石、益所以有灩澦堆之名、
紫巘曰、縫字新、
甓江曰、能寫難寫之狀、此種筆墨、視范陸二記無愧色、

觀、殿門俯瞰瞿唐、不雨而萬雷作于脚底、繞殿多老樹、陰森含風、頓忘三伏之熱、徘徊移時、登舟則烈日赫赫、復在洪爐中矣、

二十九日、抵瞿唐口、灩澦堆屹立于江心、嶔峽岩崿、望之如亂石疊累而成者、其實一大石也、是爲大灩澦、稍近北岸雙石對峙、與大灩澦遙成鼎足狀者爲小灩澦、冬時水落、環堆石礁簇出者六七、舟曲折縫其間而行、極爲危險、夏秋水漲則并三堆皆在二丈水下矣、今夏水不甚長、灩澦出江面二丈餘、於水候爲最好、然猶大渦洄漩、勢甚急疾、舟人必隨渦委曲

紫黻曰此比尤新穎

朗廬曰愈出愈奇筆亦愈寫愈巧

紫黻曰美人細意熨貼平裁縫滅盡針線迹

甕江曰奇絕

而過入峽則兩岸絕壁陡立有石破天驚之勢其近水處層層擘裂如剖蓮囊諸山皆以石爲體其色有粉壁者有赤甲者隨色各得名又有疊成數十級如可拾而上者曰孟良梯如象鼻下向欲飲于江者曰石鼻子頭戴圓石欲墜不墜者曰擂鼓臺巖腹有洞如並懸日月者曰男女孔其他成形取勢各不同非筆墨所能悉也懸巖凹處或有蓄一撮土種以穀苗皆倒生如頭髮鬖鬖下垂者風箱峽巖上穴居者數戶與木客相距蓋無遠矣過此則有大石橫排而左右出江愈束水愈急弩發雷轟天地爲改色爲黑石

成齋曰、總括前段遂及修桅葉、
朗廬曰、太險、故爲大奇、
紫溟曰、預透一筆、而手神駘宕、令人意遠、
成齋曰、起下文、

灘。至大溪口則山稍豁開、舟路之險亦紓矣、大抵峽中有灘處、大渦磅礴、轉轂翻輪、江流爲之激蕩、水面高低不一、所以爲大險、過荒灘盤渦折桅、泊巫山縣修之、縣城在北岸山腹、去夔州百二十里、街市蕭條、亦遭同治水災而然、夜月鮮明、望巫峽諸山、秀翠如畫、神魂爽越、已在十二峰之上矣、

三十日、行半里、將入巫峽、北岸有神女廟、據范陸二記、廟本在巫山凝眞觀、蓋後人遷之也、已入峽、灘勢不如瞿唐、然亦爲險惡、夾江之山、皆峻絶摩空、草木掩生、其間墾爲田者、比瞿唐爲多、柢青石洞、人家可

穗峰曰、一段益游中第一佳山水、篇中第一好文字、

磐牙曰、昔嘗怪巫山十二峰何以入高唐之夢也、迨讀此記最東最西二峰、以雌雄擬、乃知由形生影、遂成此話、積年之疑、爲之得發、

中洲曰、文亦奇觀、

梅里曰、攫峽中眞景、雖影寫之術、不能及焉、

甕江曰、比喻絶妙、

十戸、聚爲邑居、北岸則巫山十二峰、前後蔽虧、其得見者特六七峰而已、最東一峰、膚白如雪、細皴刻畫、頂擁雙玉筍、晶乎玲瓏、與雲光相掩映、最西一峰、其形亦相肖、諸峰皆娟秀明媚、有鸞鶱鳳翥之態、與他山之瑰奇鬱律各自爲雄者、剛柔相制、主賓相得、以成絶大奇觀、宜乎古来騷人韻士、載之圖畫、賜之諷詠、推爲名山第一也、大約巫峽之山、頂鋭而胸少奓張、其絶壁斷崖、多在肩以上、瞿唐則自水面陡立、腹背以上、斜殺而生毛、且巫之山、秀媚而鬱律、其秀媚著、如淑女之貞靜端正、顧盼含態、鬱律者、如偉丈夫、

桐雲曰、文亦秀媚、鬱律江山之助、是不可少。

中洲曰、判決允當、山靈不含寃。

中洲曰、讀過一轉、忽得奇文、議論出人意表、妙妙。

紫巖曰、文心奇詭。

紫巖曰、總束有力。

中洲曰、我鄉高梁川行舟上下、實如尊文所記、余常欲記之、而不能、及讀尊文

衣冠儼然、尊瞻視、瞿唐則猛將臨陣、皆裂髮豎、可望而不可狎。蓋巫峽能兼瞿唐之奇、而瞿唐不能有巫峽之富。二峽之優劣、於是而判矣。巖間處處有懸泉、其多不可得數、謖謖有聲、如聞松風。抵皮石、即楚蜀過脉處。南岸有小聚、茆舍瓦屋相間、頗楚潔、可就而買醉也。舟行一轉、忽得奇巖、曰鐵棺峽、以形似得名。不知何物黠仙、藏體魄於絕壁、千年不朽、以雲烟為墓田、猿鶴為弔客、使過者不覺仰首驚嘆也。經南木園、抵廣東沱、去巫山縣百十五里。巫峽至此而盡矣。大抵上峽之舟、皆候風挂帆、又有數十人縴之、踏懸、

欲自燒筆硯、

夔江曰、世事皆然、歎語可以充坐右箴、

梅里曰、當敘奇險之際、學術徃徃據出、

桐雲曰、文情跌宕、

穗峰曰、此時漸御蓋爲別情人之想矣、

穗峰曰、十六字亦是一幅好畫圖、

崖、而行、遇路絕、不可行者、輒皆上舟、盪槳搖櫓、經數刻、僅能進寸、而下灘之舟、則一瞬千里、快如奔馬、但覆敗之患、常不在寸進、而在快奔、靜觀者蓋知之矣、將抵巴東縣、雨忽至、回顧峽中諸山、出沒于雲際、如擧手送行、依依惜別者、朝來天陰、然諸山無一點雲翳、得縱攬神秀之美、至此爲雲爲雨、相送不已、神女豈有情乎、不然宋玉之言欺我也、小泊巴東、亦圮于水、城郭未經修築、尤爲荒寂、寇萊公祠及白雲觀皆鞠爲茂草、遺跡不可考、獨秋風亭僅存基址云、下午發舟至牛口、雨晴、雲冉冉捲而上、山翠如染、斜日映

楚江曰、土煤我邦之所無、

朗廬曰、山水忙裏不漏有用品、亦可以觀用心經濟之一斑、

紫巖曰、一跳字又奇、

成齋曰、敘瞿唐灩澦以奇、敘巫峽以正、而敘人鮓甕以險、三勝各有所擅、故筆亦肖之、

之風景可畫、過巴斗大渦巨浪繞舟而起、使人瞿然、抵石門關、關在北岸、鑿崖為磴道、道旁土皆深黑色、有頹乎崩者、有巋然崇者、一望如潑墨、詢之土煤也、蓋巴東而東、多產土煤、比煤炭火力差劣、又無烟氣、注水填之竹筒、擣實而出之、如圓墻狀、每墻重一斤、兌錢一文、過業灘、雨又大至、遂泊、篷漏、終夜不絕、

三十一日、款乃一聲、紅暾跳於波上、巖間殘溜懸為飛瀑、戛玉散絲、玲瓏可愛、過叱灘、入人鮓甕、亂石排水面、大者如岡阜、小者如劍鋩、怒迅爭聳、與水相搏、濤瀾奔跳、隨處作盤渦、舟掀舞於其間、不當一槁葉、

甕江曰、危險之狀、寫得詳悉、讀者不覺手握汗、

紫溟曰、上極力形容、得此一結、如神龍點睛、

舟人極力盪槳、適左舷兩槳觸浪而折、急移右邊一槳代之、務隨浪旋轉、又遇大渦相蹙、舟膠定不動、衆皆失色、有宣佛號者、有投糈禱江神者、相與出死力、拮据久之、始得能出險、皆額手稱慶、蓋峽中灘險以十數、而無過於此灘者、稱曰人鮓甕、果不虛也、歸州城在北岸、闤闠頗覺殷盛、過香溪入江處、香溪發源昭君村、至此入于江、抵兵書峽、兩岸奇峰對峙、直上逼霄漢、南者虎蹲、北者龍躍、而龍腹背皆懸白纛、其下絕壁有小竅、高於水面五六丈、竅中如積書狀、舟人云、即兵書也、上古邈矣、或大禹治水時、藉以鎮罔

中洲曰、佳謔使人不覺失笑

兩耶、將圯上老人避秦火秘於此耶、何藏之密、而鎖之固也、抵新灘、亦險惡、水落則石聳湍激、疾如建瓴、往往不免於覆沒、是日水勢緩漫、舟人鼓槳而過、入馬肝峽、北岸削壁數仞、當中有石下垂、黝黑而微潤、狀如肝臟、分六葉者、所以得名、石下又有一孔、小石蹲踞、如獅子哆口者、爲獅子巖、兩岸群山皆峭拔、亦有飛瀑、數道亂瀉、大者飄銀飛雪、小者垂絲撒髮、晚泊青林井、以候水勢、蓋重慶至此、水候有常度、過此以往、非增減一丈則不可、入夜雨大至、舟人皆喜以爲水且長也、

甕江曰、本邦干戈騷擾之際、亦不至多盜如此、彼今號爲治平、尚有此患、詢可異焉耳、

八月一日、天瞑、漲痕忽高一丈矣、至夜舟人戒盜、大抵江路每九十里有馬頭、馬頭必置兵船數隻、以備盜劫、舟或泊他處、必有攘奪之患、以故未得馬頭、雖入夜舟行不止、一得馬頭、日高亦繫纜、猶往往不免喪財也、

二日、乘水長出通陵、則望黃牛山於群峰巀嶭之上、過達洞灘、巨浪重疊、舟搖搖如航于大洋、自此水稍濶、亦多灘險、亂石循江堆積、如濬一道長渠、委泥土于岸上、其散列中流者、植鋒刃簇齒牙、使人一見魂褫、黃陵廟在南岸、一岳起於廟背、如列白屛風、范陸

朗廬曰、況人世乎、

成齋曰、前三勝景狀既盡、故此淡淡輕掃、獨于品評語以了局、所謂繁簡相資者

桐雲曰、山固奇峭清麗、文亦頓挫淋漓、山靈有知、亦呼負負、

二記皆云、廟背大峰峻壁之上、有黃石如牛、又有一黑石、如人牽之、注視之無見、問之舟人、亦以不知答、豈山石亦有古今之變耶、繞出山後、則水之濶者復蹙、是為黃牛峽、一名西陵峽、兩岸層嶂複嶺、屏矗墉圍、若路窮不可行、纔一轉、忽復通舟、所謂假十二峰者、爭聳于霄漢、奇峭清麗、不讓於真者、舟疾如箭、山逆舟而來、愈來愈妙、有秀潤者、有刻削者、有卓拔詭異者、有靜深蕭遠者、蓋凡行巫峽、而奴視瞿唐、恨不得一一名狀之、徒目送心賞、使奇巒秀峰終于無聞、非山靈負我、我負山靈也、北岸山頂、大孔豁開、孔上

中洲曰以謝罪一辭記許多奇景去大人省筆手段不可無此狡黠

香巖曰蝦蟇碚秋冬出水可游

成齋曰三峽總論

紫巖曰又總結一段筆酣墨飽

有一條大石橫臥如架橋者曰天然橋南岸則怪石羅列于山腹如老猴人立而相戲者為數凡六曰石猿子瞿唐之山僅能生毛巫峽則帶土而稍蒼至黃牛樹木陰森交柯攢翠瀑水挂其間若斷若續雖巧畫者不能寫其真入扇子峽蝦蟇碚隱伏水底不可得見抵平善壩則峽漸盡山漸夷然其所以娛目怡心者猶未盡南金關以東若別開乾坤山益卑而遠水亦濶而慢蓋瞿唐黃牛與巫峽所謂三峽者其峰巒巖壁雄偉奇狀之觀舉凡天下山水無復出其右者抵鄧家沱平田淺渚柳𩌏秧秀於是神意儵然如

又曰、東上起下、餘韻悠然、
梅里曰、篇中關節處、最見筆力、
敬宇曰、瞿唐巫山黃牛三峽之奇景、非犯險難不可得而見、乃余則得玩之於几席間、先生之賜浩多矣、
桐雲曰、自此入湖北省、
朗廬曰、出至險、就至平、快適可想、

出於千軍萬馬之中、而入乎燈紅酒綠之場、宜昌府距此十五里、

三日、下鹽船、更買小船、抵宜昌城下、泊焉、宜昌即夷陵、古以爲重鎮、三國時爲吳西陵、街衢殷富、城南引江水、成一大浜、帆檣蝟集、蓋上游一都會也、歐陽文忠嘗謫於此、遺跡不可復識、然追思低回、不能自釋、文章之於人也大矣、志信登岸、辨食具、還報曰、成都有圂圊之設、已非北地比、至江南、則人皆好潔、無物不美、醬酒亦不讓燕京、如紹興酒、則其尤著者也、余爲之開顏、日暮倚舷而坐、水輪送涼、笙歌之聲繚繞、

朗廬曰、我吉備山中有鬼橋者、大盤間山骨横接、上生大樹、通牛馬、下則溪水奔流、仰之穹窿爲半月狀、長約二十有間、可稱絕奇也、

穗峰曰、若獅子巖石猿子、名實相符、虎牙獨不然、何也、　又曰、白牙字拈出齧字妙、

桐雲曰、禹貢汶山道江、東別爲沱、又東至於澧、過九江至於東陵、按沱在今枝江縣、澧在今華容縣、九江

滿江、夜分乃止、
四日、解纜、兩岸之山、偃然横地、而峽中山脈、南走出其背者、簇簇相聯、如夏雲之鬱勃湧起、南岸有荊門十二碚、碚面洞開一大穴、徑數丈、崇倍之、其頂可通人行、名曰仙人橋、陸記云、荊門者當以險固得名、俗謂石穴爲荊門妄也、北岸爲虎牙山、與荊門相對、公孫述作浮橋、拒漢兵處、山下灘亦名虎牙、水平如席、唯見波流渙散、成小靨耳、過枝江縣、抵楊溪口、水中出洲、大小無數、嫩草數茵、綠樹點綴其間、江鄉風致
中洲口、鮑大半著螺蛤、却可口、
清麗可人、過東市、川省木材多聚焉、木材之出于川

今九江府治

蘧江曰筏上搆屋作圃見於范記余竊疑爲虛妄今果眞矣浮家泛宅何等奇趣

桐雲曰山色空濛雨亦奇

蘧江曰水聲柏柏放翁晚泊句可想

敬宇曰前月二十九日至是月四五日寫蜀中山水最奇絶者眞有筆歌墨舞之妙江山之助洵不少矣

省者縛作大筏上又搆屋資生之具皆備多者至六七户或有作圃種菜蔬者候水長順流而下蓋東坡所謂魚蠻子類也以風勢不便小泊江口地多產茶市屋櫛比鬻茶者不下百餘戶亦多設廠售木材雨驟至驅暑如洗少焉大月湧於波間乃解纜復行過松滋城市空濛乍有乍無抱月而臥過采穴抵虎渡口江水注洞庭處也蓋黄牛至夷陵江廣且十餘里洞庭在其南方八百里茫無津涯大抵湖水增寸未必覺其漲而在江則減四五尺於是昔人就采穴虎渡楊林市宋穴調絃諸口鑿地導江注于湖既復出

成齋曰、忽復回顧說治水之事、

中洲曰、吾兄滿腹經濟、爲蜀中奇山水所壓、久不能發之、至此山水稍平夷、水利論復發矣、

甕江曰、望美人兮天一方、依依戀戀情況可想、

又曰、土產物價稅法、皆是有用文字、

於江、以故水勢緩慢、不至爲巨害、今則獨存虎渡一口、若江流一漲、陡高數丈、田園室廬所在淹沒、而民爲魚鼈、然則鑿地疏決、豈非南服治水之急務乎、

五日、比曉舟已抵沙市、沙市一名沙頭、客舟之泊于岸者、相排相倚、不見寸隙、過枝江時、猶見烟鬟霧髻于船尾、至此引領西望、無復點翠、唯有帆影出沒於烟水淼茫間耳、臨江有二關、一屬戶部、一屬工部、屬工部者科木材、屬戶部者科雜貨、如鹽科每斤爲十八文、且舟之循江上下者、在宜昌及九江、又皆科之、予曩寄載鹽船、長年云、納科四十八兩、若舟加大、科

成齋曰，弊政極矣。

蘿江曰，此種弊害，不獨止蜀川省，讀者視爲秦越可乎。

邾牙曰，西洋之制，舉全國而商之，漢土之制，舉天下而農之，二教相況，清則農亂而商亦失其處矣，此論甚長，更僕無罄。

紫巖曰，荊襄大局，如掌上螺紋。

亦加重，或別裝他貨，亦從科之。夫商賈轉貨，關以譏之，科以節之，古今之通法也。清國二十年來，設關之外，每數十里置關設卡，陸有派員，水有查船，率科百分之一，名曰釐捐，各省軍餉皆取給焉。是豈非關外有關、科外有科者邪。加以委員貪污，上下其手，抽釐不平，多方勒索，於是乎商賈裹足，百貨阻滯，而夾帶偷漏之弊興焉，可勝嘆哉。荊州府在沙市北十五里，春秋時爲楚郢都，梁元帝定都于此，周師奄至，舉國爲俘。自古稱荊州難守，其地平衍沮洳，北則無峻嶺巖關爲之阻，南則長江帶之，沿岸皆可艤舟，故呂蒙

中洲曰、史學兵學復發矣、

桐蔭曰、平度地勢、因而論事、足爲麋芳諸人間罪、

閑廬曰、工藝固不可不循土地、

白衣搖櫓、而麋芳不之覺者、非智不足也、李靖乘水漲襲蕭銑、而百粤江西不及入援者、非怠懈失機也、蓋弁備南北、日夕守望、力不暇給、勢固然也、出沙市、抵匣子溝、多開塲製磚、蓋南方土皆膠固、無地不窑、村莊墟落、砌磚爲垣牆、若夫北土善鹻、燒磚多窳拆、不可用、故州縣城郭、大率以土築成、少用磚者、亦南北地味之異也、下午風順、挂帆而行、抵郝穴泊焉、買鷄、價極賤、夜多蚊、

六日、抵石首縣、一二小山蟬聯近岸、皆成張蓋狀、縣城在山下、半復于隍、宿莽欲藏牛、蓋遇水而然、自入

穩峰曰水寨之多可知矣

蘉江曰唐人句云江豚吹浪晴還雨讀此始覺其妙

聱牙曰發燕以來歷節候者不少至此始書立秋則知行旅之困於暑也

湖地兩岸皆果至此距江面殆不盈尺甚則與水平矣過宋穴鋪當前望見華容縣諸山江流曲折舟往如復山亦乍左乍右無有定所冬春水落不至如此之迂回云既而夕日浴波江豚出沒于紫瀾瀰漭之間狀酷肖花豬但背上負一塊肉如駱駝爲異耳泊洪家灘蚊陣壓舟

七日江色拖練微瀾不起行三十里帆腹忽飽雷雨齊發急收帆小泊蹈市糴雨稍微復解纜行過監利縣泊車灣林木蕭蕭一葉初落客衣知秋

八日出車灣十五里阻風泊小灣中

中洲曰、蓬底穀風景上、吾兄筆爲好風景、

聲牙曰、叙景比峽中似不費力者、其實捉象捉鬼、共用全力、各處各妙、

雲江曰、平遠山水、寫作一幅水墨圖、妙甚、

桐雲曰、八月湖水平、適當其時、

中洲曰、叙蜀中景處嶇刻勁健、如柳王文、叙湖上景處平遠川暢、如歐蘇文、文隨景而變、何等能手、何等

九日、掩蓬而坐、詩魔惱人、急呼紅友驅之、玉山忽頹、栩栩遊於黑甜之鄉、

十日、天陰、行四十五里、風逆、小泊干口、下午復行九十里、泊池覇口、

十一日、睡起則去池覇口已遠矣、兩岸没于水、人家皆在波光瀲灧中、既而岳州諸山蜿蜒而出、賈船之挂帆至自洞庭者、如鸂鶒群飛、與山翠相映作青巨、白、變幻無常、洞庭與大江一衣帶地劃之、會江大漲、没在水底、行樹微露梢末、點點如薺、湖面則皎然一白、與天無際、當中有一點青螺、如隨波下上者、爲鵪

巧手、
聲平曰、秦蜀楚江、此方人未有游者、漸卿與君亮北天下之游而游岳陽樓、雖不上、而范希文已拜下風矣、

甕江曰、所謂涇以渭濁者亦是類也、

朗廬曰、一幅江南烟雨圖、

香巖曰、日南又名臨湘、

寓山、君山在其背不見、岳州之山、導湖北走、至湖注江處而盡、於是播鼓山出于水中、由播鼓遡流三十里、達于洞庭云、播鼓前二水相會、北者如渥丹、南則澹然蘸藍、而中間一道、清濁相搏、滾滾而東、成珊瑚色、行數十里、風瘦帆饑、雨絲如織、北岸糢糊不辨、遠樹、南岸則層巒亂巘、沿江起伏、翠鬟隱隱、如隔碧紗望美人、抵楊林磯、江勢彎環、如開粧奩狀、南邊藍色變爲黃、蓋洞庭之水至此漸與江相混和也、岡阜之擁奩而起者、皆壁立如赭、爲數凡九、至日南磯而盡、日南對岸曰螺山、多人烟、就泊焉、是夜尤苦蚊、

聱牙曰、荊楚之地、古多雲夢、後世多赤壁、蓋一處著名則疑似紛作、過其地以不指定其處爲妙、本朝鵯越准此、川中嶋亦准此、
朗廬曰、其地不明、而二賦顯于千古、文字亦大矣哉
朗廬曰、奇景也、而思之則慘、

十二日至十三日、皆阻雨、蓬底悶悶、日長如年、
十四日、天陰熱甚、過新堤、行六十里、南岸得一大臯前面削立、色如渥赭、即嘉魚之赤壁也、蔡九霞曰、宋蘇軾指黃州赤鼻山爲赤壁、按劉備居樊口、進兵逆操、遇于赤壁、則赤壁當在樊口之上、且赤壁初戰、操軍不利、退次江北、則赤壁當在江南、今江漢間、名爲赤壁者五、漢陽漢川黃州嘉魚江夏、惟在嘉魚者與史合、此論蓋得之矣、抵石頭司、江益濶、泊嘉魚縣、夜大雨、
十五日、村落浸水、茅簷近與帆影、映鷄犬之聲皆在

甕江曰、説水理津津有味、不獨此條、

成齋曰、前日雞犬聲在蓬底、此日舟從綠楊上過、皆奇想也、

蓬底、蓋秋水方漲、舟循大陸而行、冬春則柳塘麥疇高於江一丈矣、江之水在黃牛以西、群山束之、偪仄窮蹙、一出峽口、肆然始得逞其勢、經江陵公安石首監利華容、自西而北、而東而南、隨勢迂回、至于岳陽、自西南轉出東北、趣流而下、南北諸縣皆沿岸置隄、民賴以爲命、故一潰決則千里爲壑、泊下口、夜雨涼甚、

十六日、發下口、自出嘉魚、舟常從綠楊上過、以江岸皆沒于水也、大軍山壓江而出、是爲金口、就泊焉、是夜亦雨、

朗廬曰、請問之麻姑。

朗廬曰、至經濟有用處、每每留心、非尋常文人所及。中洲曰、貴稿結末有云、武昌以下、邦人足跡或至、故不煩記。余謂邦人記其山川風俗者或有之、恐無記其產物者、蓋非不記也、不能記也。嗚呼是吾兄之所以不能省筆乎。

十七日、抵鸚鵡洲、人家櫛比、炊烟如湧、非復芳草萋萋之景致、揚帆東南、轉循武昌城壁而行、武昌包黃鶴山爲城、規模宏大、在禹貢亦爲荊州域、楚熊渠封其子紅爲鄂王、於是始有鄂渚之名、春秋曰夏汭、漢曰江夏、三國時吳人遷都爲名曰武昌、唐宋曰鄂州、地最肥腴、多產物、蠶絲茶葉及棉花爲之最、歐洲人買茶、多在兩湖、又產煤炭、人家爨炊、常用土煤、其薪柴木材、取給於湖南、湖廣素稱產稻之鄉、至有湖廣熟天下足之諺、故滇黔閩粵川陝山西諸省、例不徵漕、山東河南獨徵雜糧、惟江蘇安徽浙西江西及湖

甕江曰、有川文字、亦是范陸二記之所無、

香巖曰、可謂周悉無遺、

戒齋曰、川米語、與上文湖廣熟諺相呼應、

南北六省、每歲徵白糧以實于京倉、蓋湖北一省、如宜昌施南鄖陽皆在萬山中、德安襄陽安陸亦多種菽麥、少有稻田、武昌屬地亦强半在山中、獨漢黃二郡產稻而已、故武昌漢陽一帶、有川米來而價減之諺、則知方今楚人皆待濟于川省矣、北岸則漢陽府、春秋鄖地、三國時屬魏、後又屬吳、唐曰沔州、又曰漢陽、枕大江而控漢水、扼南北要衝、與岳陽皆爲鄂渚門戶、咸豐中髮賊已陷岳州、水陸並下、奪而據之、鄂城亦隨陷、府城南北隅有小阜、樹木森蔚、爲魯肅墓、遡漢就東岸客店宿焉、漢水上流濶十有餘里、兩岸

朗廬曰髮賊之慘可想

皆山岳連亘數百里至安陸則地平土鬆又無支流殺勢故水路易淤塞東西遷徙率無虛歲下至漢口廣不能一里一遇江漲水輒逆行潛沔諸邑皆受其害大抵沿江州縣皆爲髮賊所蹂躪如武昌漢口人家燒燬略盡今之街衢多亂定後所創是以未能復昔日之觀云宜昌以東江路平漫可以行汽船聞英吉利人近有開航路之議

十八日黃鶴山迤西有磯劃江而起磯上構層樓所謂黃鶴樓也蓋因山得名黃鶴樓始見于齊梁閒厥後興廢不一今樓同治中更造崇三層八面軒敞尤

甕江曰、風景如此、李白詩非溢美、
朗廬

甕江曰、殺風景、
朗廬曰、醜事而風土可想

甕江曰、二賦千古絕調、然其旨莊生寓言、若認假爲眞、不異於癡人說夢、赤壁既非曹瞞之戰場、月徘徊

宜遠矚、武昌漢陽皆爲秋漲所包裹、如乾達婆城變幻於海上者、碧瓦粉壁、魚鱗雜遝、商舶四集、桅檣林立、南北則廣原際天、莽莽蒼蒼、目盡而止、樓上多丐人、擁客乞錢、麾之不去、匆匆拂衣下樓、更上北岸晴川閣、閣踞大别麓、亦在長江之濱、蓋取於晴川歷歷之句爲名、崇不及黃鶴、遐矚亦不能相若也、山上有禹廟、山後有月湖、湖中小洲爲伯牙琴臺遺址、及暮上火輪船、

十九日、至黃州坡、遊赤壁、實在北岸、一小岡臨江如削、賦中所謂斷岸千尺、要不過文士虛夸耳、晚抵九

平斗牛之間亦遠經度所謂斷岸千尺盧亭非實因不足道、

杳藹曰、五老峰達瞻奇秀為雲所掩耳盧山之勝以棲賢三峽橋開先漱玉亭為最、即東坡賦詩處也、

桐雲曰、是為小孤山、昔人詩小姑今日嫁彭郎、乃傅會之詞、江南為江西界、江北為安徽界、

甕江曰、送應篇首作結、

中洲曰、此別不可無此言、

江、盧山秀峙於天際、戴雲為帽、但在舟中不見九屛、
略無足娛人者、豈眞面目藏在其中、不許外觀耶、一
（中洲曰、善謔、情可掬）
白湖光忽見于船左、即彭蠡湖、有山如拳、當湖口而
出、上戴浮圖、層層倚空、如招人、過彭澤縣、依山荒涼、
入夜投錨、蓋恐崖岸沒水、有膠淺之虞也、
二十日、昧爽發輪、過安慶府、至南京、則已暝矣、
二十一日、舟達于上海、志信於是辭去、君亮亦將東
歸、嗚呼我三人、相攜奔走炎風烈日之下、傳餐換衣、
情同骨肉、今乃擊缶唱河梁曲、天涯地角、形單影孤、
余何以堪之、然天已假我三人以良緣、今之雲散、安

甕江曰：總束更揭要領，十二分筆力。

中洲曰：百十餘日九千餘里之遊，至結尾一日記冋遊之別，算日計程，分舟車轎之多寡，辨山川風俗，記述之詳略，僅僅數行，總括全篇，至矣盡矣，而更發顧余一論，出人意表，有餘意不盡之妙，感服敬服。

香巖曰：四明之天台、雁宕，溫之永嘉，嚴之富貴，徽之黃山、白岳，閩之武夷，湘之衡嶽，桂楚獨秀諸峰，皆名山之可游者，不獨粵之羅浮也，漸卿方盛年，何難遍及。

知不爲他日萍合之因哉。是行爲日百十有一日，爲程九千餘里，大抵車取二，轎取三，舟則略與二者相抵。其記之也，北則詳于雍豫，西南則詳於梁蜀。若夫武昌以下，我邦人士足跡或有及焉者，其山川風俗皆能述之，不復須煩言也。顧余年方壯，異日或得作嶺南之遊，探梅羅浮，觀潮兩廣，以續棧雲峽雨之記，其爲樂何如也。古人有言，得隴望蜀，余既涉隴之境，又盡蜀之勝矣，而意猶未饜焉，人實苦不知足哉。

老友岡松君盈嘗語余曰：江河二水，其源蓋出于圖別特。據西說，圖別特爲大塊最高處，其山曰喜馬拉、高二萬九千一百脚、地上山嶽無與爲高、佛經所載大雪山蓋謂此也、山勢東迤而漸頽則西藏、故西藏爲地上都邑之最高者、大河之發源於此、有恒河、有印度河、其他比達麻足趾諸河、皆西南流入于海、所以紀印度諸部也、夫山之大者、其出水必多、今河流之出于西藏、而西南流者如此、獨得無有東北流者乎、元世祖時、命都實爲招討使、往求河源、歸言河源在土番朶甘思西鄙、有泉百餘泓、沮洳散渙、弗可逼視、方可七八十里、履高山下瞰、粲若列星、名火敦腦兒、火敦譯言星宿也西域聞見録亦言、賀卜諾爾即世傳黄河之源星宿海也、禹貢岷山導江、益州記曰、大江之源、發于羊膊嶺下、縁崖散漫、小大百數、猶未足濫觴、東南下百餘里、至白馬嶺、而經天彭闕、亦謂爲天谷、傳同叔曰、岷山在氐道、天彭亦在氐道、天彭以上、江水猶微、則岷山當在天彭之東、西域聞見録言、自後藏西南温都斯坦各國雪水經番地流入中國、滙爲楊子大江也、先師文簡先生亦以爲水出于大雪山之陰者、皆北注于星宿海、或東流爲大江、蓋漢人無能窮其源也、言見先生禹貢注、今所謂圖別特大抵古土番地、星宿海方在土番、其與喜馬拉相距蓋不甚遠、但其地皆山險、故水潛行於地底、至星宿海始裂地上湧也、聞見録所載温都斯坦、蓋指印度東北一部、近世英吉利盡略有印度地、概稱温都斯坦、蓋原於此、然温都斯坦雪水流入中國、亦大概言之耳、據傳同叔言、岷山天彭並在氐道、氐道與喜馬拉東西相直、蓋亦不甚相遠、要之江河二水皆發於圖別特、而其資源實在於喜馬拉也、余往自孟津渡河、至潼關復東北望見河流紆餘于山嶽間、宛然如帶、若夫江則至重

夔始見其淵湃淊天未能有問二水之源君盈博通今古善文章少從文簡旁學西洋窮理之說今也益致力於西籍其論江河二水蓋非誣也

井井居士又記

曰漕運曰土産曰教法曰稅科曰形勝歷歷備載不止寫山水之奇斯書一出范陸二記恐不得專美於前也

皇明治十一年四月初二

甕江川田剛妄評

卷中記中原諸州、以水利爲之綱、而地質土產漕運紡織阿片之患害、民物之凋弊等、觸處寓慨、曲爲之區畫措置一一、中窾、至入隴蜀、叙景紀勝之中、觀國俗憂民瘼之念、猶隱隱動乎楮墨間、乃經世大文章、莫作一部游記看、

又曰、繁簡得宜、有韻致、有精采、即以文辭評之、亦記行最上乘矣、

明治戊寅四月十七日

辱知重野安繹妄批

此冊之到、有悋接手便讀、不如平生之懶、游已屬

开阖文亦雅健畅达，大可观，而甚可喜，即日读完一过，次日再读，三日三读，殆无瑕疵可指，以为遥途来示，而徒尔返璧，亦乖所望，辄细切白纸，插之各处，随笔书鄙见，虽不满作者之望，犹贤于寂默返寄也，时方新暑如爔，与蜀中苦热楚江蚊阵，虽不可同论，然亦相应和于几上，不觉评而又评，满纸累累，不遑顾其为附赘为县疣，无寸益于作者也，他日岭南之游，若果续而成稿乎，幸复赐示，有恪虽衰老，犹将乐读而涂抹之也，至嘱至嘱，

土井有恪妄批

古人記遊者多矣、大抵皆止一方名山勝地、若一州一省而已、如范陸二記最其尤者、然亦唯記西南一隅耳、今漸卿起齊魯燕趙、究巴蜀、下三峽、經吳楚境、東至海、周遊幾一萬里、記行幾三萬言、可謂前無古人矣、且以彼土人記彼土、雖并記全國、在吾人不如讀此記之能悉情狀、蓋彼自記其新于耳目者、慣以爲常者必不及記也、而我則併不知其常者、乃如中原驛旅而乏於米飯、虧於浴室、缺於枕衾、闕於廁圊、或燒馬矢代薪、或穴崖腹棲遲、吾人創見乎此記以驚怪、而彼必不異也、至水脈源委必詳之溝洫堤防三致意則漸卿別具經濟大略其他土宜物產之多寡得失以至稅法奸情盡記無漏嗟漸卿一游涉之際用意之精密如是是豈徒游記視之而可乎直以為支那風土記看之而可也至其文之馳驟得適度則范陸或有之邦人所未曾有也敬服敬服

明治十年九月念五　海南藤野啓拜觀

江山之奇靈原谷之奧蘊與作者懷抱相映發遂成文家鉅觀司馬子長見此當把臂入林酈亭以下恐須喘汗却走足為斂衽

丁丑四月　　高心夔讀過并記

大著攷山川之沿革、抉郡國之利病、論形勢之夷險、究古今之成敗、絕大文章、非尋常日記也、惜先生行期太迫、鄙人又人事牽帥、不獲往復質證、怏然久之、疑義與析、請待他日、

寫景亦似柳子厚遊記、奇古疏宕、未易才也、

丁丑四月八日　楊峴拜讀

叙行役之況、狀山川之奇、屬辭精工、已甚可貴、其間考古蹟、紀水道、辨土宜、徵民俗、詳形勢、論利弊、粲然卓然、若觀掌而知指者、斯誠有心人哉、而學

術才識郎此可以推見、不比尋常游記第爭長于筆墨間也、

强汝詢讀一過畢因記

紀遊文章之小品耳、而作者經世之才、與史家方輿之學、已可窺見一斑、於中原南北之形勢、山之支派、水之經緯、言之塙鑿、土田物產之饒瘠、民風之淳漓、鉅細靡遺、如道家中事、得之中國久居者、已非易易、況東瀛萬里遠游之客哉、其文字脩潔逋峭、狀物微妙、上之祖述酈道源之注水經、次之則與陸務觀范石湖王阮亭張雲谷隴蜀諸紀相

頡頏矣、漸卿詞兄跨海相訪、愧人事紛紜、不能細讀而爲之序、聊綴數言、以誌欽慕、

光緒丁丑　李鴻裔記

承示尊著棧雲峽雨日記、屬爲評騭、展讀一過、山川古蹟、鉤攷源流、如數家珍、想見學富五車、鄺氏之水經注、范氏之方輿紀要、殆不是過、而其論古今得失、語語精當、亦幾幾乎與顧氏郡國利病書相上下、承屬序言、怱怱未暇、略題七截一章、以誌佽佩、

杜陵詩到夔州老、秦蜀漁洋紀驛程、同付東瀛高

士筆摩揩雙眼看分明、

丁丑春三月　吳大廷書於槎室

讀破萬卷行萬里、寫出棧雲和峽雨、何期東海來奇才人出之龍文中虎、我取揚州月二分、重來滬上遇斯文、他時訪友西川去、見見聞聞報與君、

丁丑天中節讀漸卿先生蜀遊日記、謹題一詩、請正、即乞和教、

七十五叟齊學裘初稿

自來言地輿者三家、酈氏水經注詳於水道、顧景范氏方輿紀要詳於形勢、顧亭林氏郡國利病書

詳於治術、爲文排日紀行者、亦有三家、漢馬第伯封禪儀、詳於典禮、唐李習之來南錄、詳於郵程、近世徐霞客遊記、詳於游覽、其用意不同、而其各以所得垂之無窮、要自卓然成一家言、大著棧雲峽雨日記二卷、於山川之脈絡、風氣之升降、國計民生之得失、罔不研究、想見識略閎遠、問學該博、至其攄情寫景、或如明窗淨几展視淡墨古畫、意思閒遠、或如奔濤急瀧、魚鼉蛟龍、萬怪惶惑、可駭可愕、匪特攷證之詳、抑由用筆之妙、他日壽之名山、不難駸駸古之作者、如有刋本、幸以餉我、

光緒四年戊寅秋八月無錫薛福成

奉讀竹添漸卿棧雲峽雨日記及詩文草率題一

律 并引

自火輪滊機旁午於重洋而鄒衍氏所謂大九州

者乃得利濟四通遄行無滯非徒賈客之利而已

凡夫通儒碩彥韵士騷人以逮一材一技之長莫

不聯翩頡頏覽勝於禹蹟殆將徵諸見聞以擴其

智識舉平生之所學相與講同辯異決擇於是非

而一切墨守墟拘之見浮光掠影之論泯然息焉

紀澤少嘗從事於形聲訓詁之學既又取泰西語

言文字討論而參稽之於是東西文士謬采虛譽昕夕過從則益得詢訪其爲學之本源大氐西國人士功利之見多勤遠路通賄幣崇侈炫富非古而是今若與中國先聖醇儒之教判然爲異者然其好學覃思鉅細不遺嚴整密察令行而禁止雖桀驁之夫騃穉之童未嘗輕易叛教違法則實事求是有足多者日本密邇中國服膺宣聖自唐以降常與華士賡酬爲歡暨今文教益昌經師輩出余居京邸時已聞井井居士名光緒戊寅秋銜命使於歐羅巴洲道出津沽池田松坪出居士所爲

詩古文及棧雲峽雨日記、問序於余、葢居士之爲
學、不主一蹊一徑、其立論必要之敦本抑末、背僞
以歸眞、大而無夸、通而不泛、又未始狃於一偏、期
諸折衷事理、無悖于道義已耳、庶幾實事求是、以
上通於先聖昔賢之微指者、游蹤所歷、山川沍塞
形勝要區、莫不博攷詳搜、窮覓原委、非服古有素
劬學多聞、固不能取給於車塵馬蹄間也、至於俛
仰今昔、發爲詠歌、憑眺留連、一若不能自已者、然
則居士問學材智、誠不藉山川之情以相啓牖、著
屐搘筇、特出其夙所蘊蓄、以自印證云爾、深山溫

玉、滄海孕珠、豈不信然、

案牘成堆百緒棼、忽開迷霧見晴雲、言之有物辭逾美、道本同源派未分、水木湛華清入句、冰霜無滓淨成文、匡時又信經綸術、匪獨吟壇共策勳、

湘鄉曾紀澤稿

棧雲峽雨日記卷之下終

跋

環球而居焉、其民分爲黄白黑三大種、今也白人之勢、若潮之方進、若風之方發、而黄黑二種式微矣、蓋黄種之居于東洋者數邦、有幷土地人民移之于他人手者、有奴役者、有割地者、有予利柄于人、而已自朘削者、所被雖有深淺、所及雖有早晩、總之不免立于一大厄運中、而僅自救之不暇也、譬諸疾之在躬、遠聲色嘗良苦者、庶幾乎蘇矣、若夫呼息奄奄、而猶護病諱醫、啞啞笑語、自傍人觀之、秪見其可深哀也、讀井井子棧雲峽雨紀行、所歷足跡半于清國、可以略觀其全勢焉、盖民力衰凋、生息拂地、而物產之阜、富厚之資、猶有藏于無盡者、其民儉嗇、長于商易、足以爭利于海外也、但據所紀、阿片之毒、宗教之禍、束手狼癰、浸入膏肓、嗚呼轉尫爲健之道、唯有嘗膽啖苦、鍊養徹神焉爾、不知彼邦之人謂何、觀國之光、豈聲容文物云乎哉、我國之士、跋彼地與其人交者不多、井井子經歷之間、訪器識之士、肝膽相投、痛哭相問難者、蓋在文字之外矣、余於跋此篇、爲一發之、

丁丑九月　　井上毅

跋

余既在鍾君子勤案頭獲觀漸卿先生所著游記歎爲抗志希古命世獨立越日漸卿過訪復出是編屬爲點勘遂更而讀之記中因事設辭發揮心得莫不持之有故而達之有序君子立言不爲一時賈生策治安昌黎著原道隱然以守先待後自任吾於漸卿見之矣至其文雄奇浩博盡態極妍合龍門淑宕廬陵縣邈爲一手盡人能知之又何足爲漸卿重哉校既竟爲揭其學術志節之大者還以質諸漸卿當亦相視而笑莫逆於心光緒丁丑五月朔喜

雨時晴。八窗如拭。方德驥書於上海梅溪庽舍。

跋

井井竹添君天草人也幼學韓村木下公雅之門以神童稱稍稍仕進年後擢列顯官戊辰歲以參與廳論國家之大經慷慨激切察深識遠卓識無雙洞國展綜錯莫之濱古知

其才學者少矣東西情之交而無虞
徑東遊乙亥春執贄而來坐
談經日以去在清海壽遊十年
從森公使航清國交於諸名公而
子夏深入巴蜀往來一百餘日筆
棧雲峽雨日記及歸持示索序之

記僅二卷，曲盡蜀中山水情景，識
讀之宛有道遊於棧雲峽雨中之
想。而形利也、地輿也、生産也、漕
運也、政治也、民情也、關毒之大哉
害也，條分縷析，纖悉而論確鑿
乎經世之文，豈非蜀山之靈助之

廿四

猶中土之苟以作代一大家者即於是宗自信責責原才學之處也因索書之

明治十年初冬　少年撰并書

棧雲峽雨日記後序

我東方亜細亜洲文藝最盛人物多出莫禹域若也疆域廣生齒繁莫禹域若也可與歐羅巴頡頏者莫禹域若也禹域與我邦文字同可親厚一也人種與我同

可親厚二也輔車相依唇齒之國可親厚三也亞細亞不及今同心戮力則一旦有事權歸于白晳種而我人種危矣可親厚四也抑元世祖之侵我西邊我邦人之擾閩浙當是時未有歐羅巴之外交也未有

狼子野心〻覬覦者也設使如今日則二國必無此事矣今也我邦與禹域務當小大相忘强弱莫角誠心實意交如兄弟互相親信不容讒間有過相寛恕無禮不相咎蓋二國所期者在

于同心協力保護獨立以存亞細亞之權而已矣近若我邦通航禹域發遣公使莫非職是之由也竹添漸卿君奉命往禹域行旅古燕趙周鄭秦蜀吳楚之地暫歸故土余希得讀

其所作棧雲峽雨日記地勢民俗纏載不遺洵為方今有用之書可備參考者也至其描繪山川文字〻工讀者自知之矣余不敢贅明治九年臘月

江都　中村正直

書棧雲峽雨日記後

昔者晁衡之入唐，常與王輞川、李青蓮之徒游處，觀諸之詩可考也。後之集唐詩者亦載胡澗陸命使鄉國一律，說者以為故者朝之訛，而朝又與晁通，蓋晁卿所作也。其詩遒雋高雅，真與王李並駕而馳，使人一誦輒意消。亦齊曰：吾邦以詩名家者世乃之今人然上下千有餘歲未占踰於晁卿六韻一律者也然晁卿在唐風受明皇知遇薦歷清要是語所及蓋不過乎崤函涇渭之間未必有得於嘉陵三江之勝也今能得于此者獨有我衛卿而已夫衛卿以一介書生鞠躬乎蜀域所見皆有記述攬山水之勝者

風壤之異至於治亂興廢之蹟
遺今昔之感者必徵之陸藉雜論
極精又從以諷詠俯仰慷慨筆下
隨意至使人如躬臨其境者恐亦
過於晁張遠矣至乎俞曲園景祠
雲輩嘖嘖之傳而稱之不能禪也嗚
呼衛張与晁卿之流繼矣至於以
文章馳譽乎異域者未嘗有之孰

愈也誰謂古今人不相及乎哉適郵貽
命以贊辭予不自量謬占一二
捃摘已畢爲影數語而歸之
雍光占松辰擬岑書

棧雲峽雨詩艸

峽雨棧雲收入詩喜
君攜贈蜀中奇以身
未作成都客緑水青
山已舊知　輕舟一

葉去隨潮楚尾吳頭
水路遥最是荒煙冷
雨句牽人吟夢落楓
橋

護美

栈云峡雨诗草

友人来踬一卷诗
自道西游弧掐奇
栈云峡雨断又续
楚江蜀栈何难搜

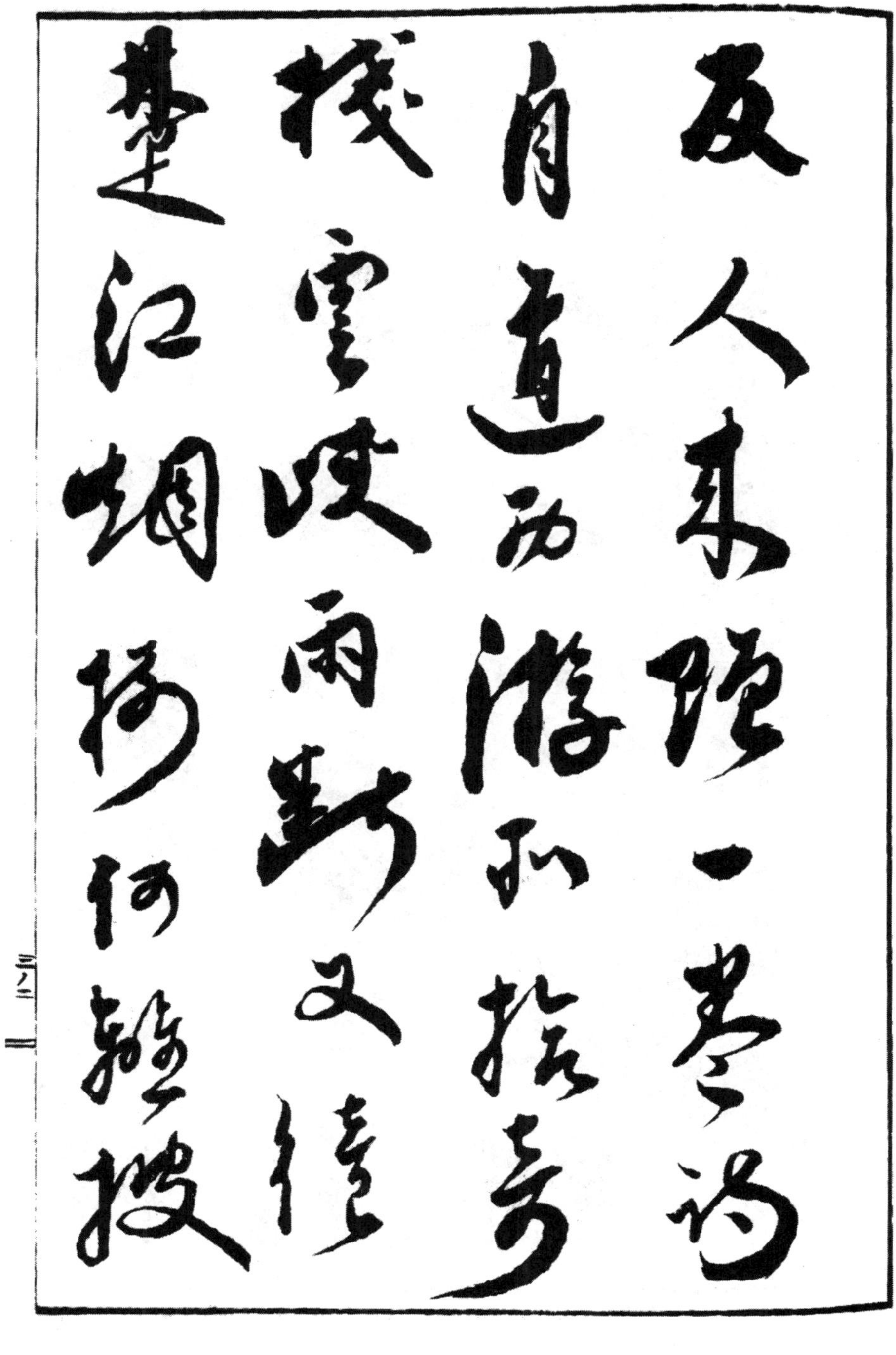

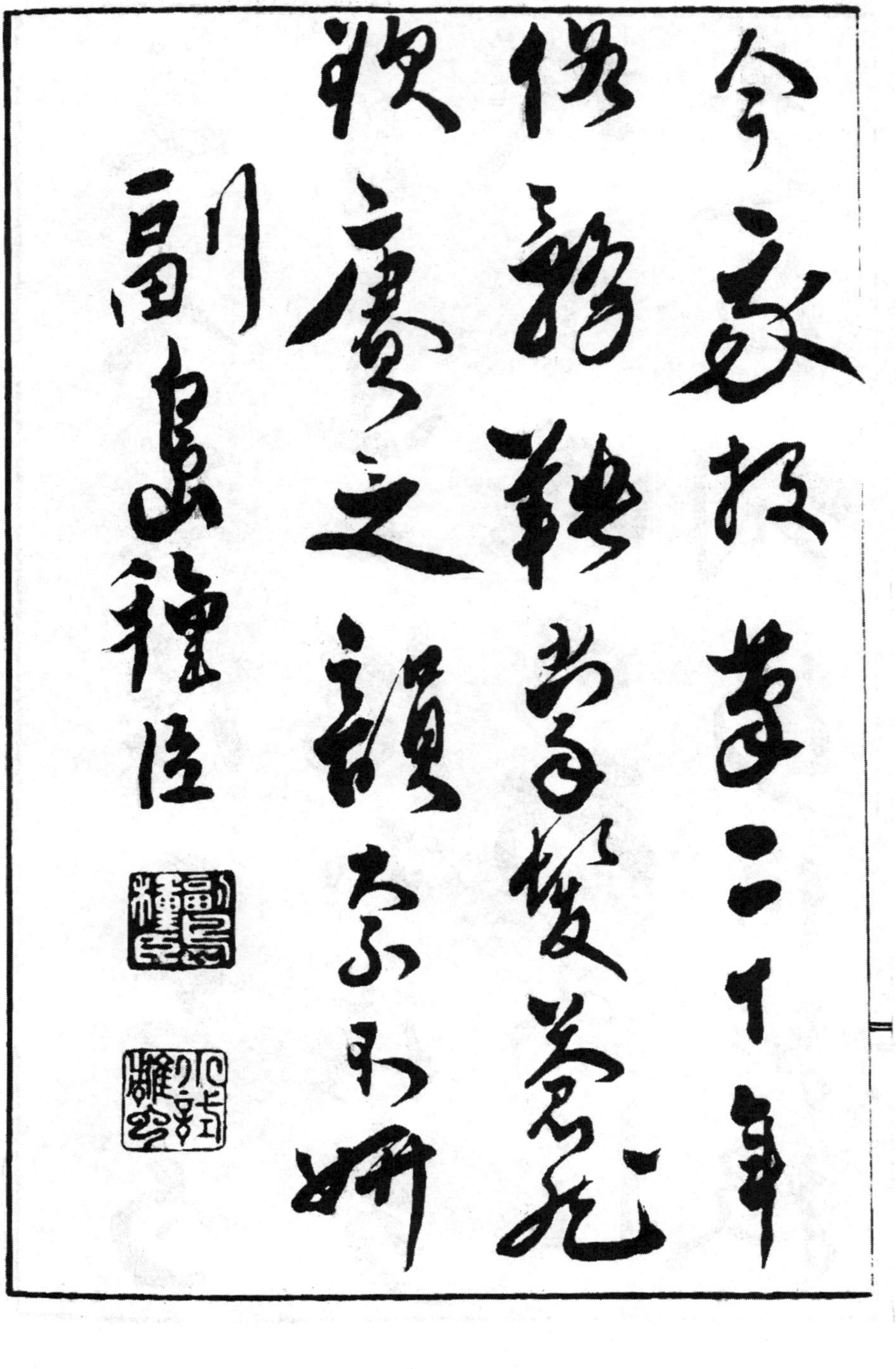
今歲投筆二十年
副島種臣

序

友人竹添君近歸自禹域胠其槖則幽冀徐豫雍梁荊揚之山川險易風俗醇漓描寫歷々若目覩之搜討古蹟徘徊墟墓之間笑駡豎子憑吊英雄感慨悲歌

三ノ五

若耳聽之使余不覺廢書而長嘆也嗚呼大才則大用小才則小用君才雖大矣若使不棄四載不遊九州則其才亦囿於小耳何得有此蒼〻莽〻雄奇鉅大之篇乎哉因思英雄豪傑之出于世亦如此苟

不得其時而棄其勢則與豎子竟
歸于一轍使其徒發阮籍廣武之歎
爲耳聞君將復往禹域異日再倒
其囊而示之則不知使余又爲何
等感慨也姑書數語於卷端以
見余之於君傾注情殷期待正

復不少也

明治九年十二月

江都 中邨正直撰

隱畊葛其龍曰、不寫離情、而離情自見、讀之黯然魂消、

劍盟萬世清曰、丰度自佳、

隱畊曰、古勁、

紫巘蔡爾康曰、沉思濃采、古意新聲、

雪門程光祖曰、不減三日廚下詩、

棧雲峽雨詩草

肥後　井井居士　竹添光鴻

同津田君亮發燕京留別駐京諸友

東來萬里又西征、豈是尋常離別情、飛絮落花春盡路、差池帽影出燕京、

渡易水

悲歌擊筑尋無迹、綠樹蒼茫連隴麥、風不蕭蕭水不寒、一腔詩思入秦客、

憶内

驛路千絲柳、難縫客子衣、臨別密密縫、衣破未言歸、

湖山横山愿曰、情緒纏綿、勝王漁洋風雨灞橋句、
雪門曰、見境生情、
隱畊曰、情真語摯、一字一淚、
三洲長炗曰、起勢如莽蒼千里、
紫巖曰、句奇語重、節短韵長、
磐溪大槻崇曰、漢遂少恩哉、

客中又為客、音信自茲違、遥想空閨夢、猶向燕都飛、

堯母陵

堯母陵前淚不乾、遥遥鄉思在雲端、何人為掃新阡路、春雨秋風宿草寒、無似喪先妣、服除、未幾即出游、春秋享祀、屬諸門生者三年于茲、每思及之、不禁泣血、

將抵清風店、大風揚沙、雨亦從至、

野寬風力大、塵捲夕陽黃、雨聲追客到、心與馬蹄忙、

紀信城

漢王黃蓋出東門、却遣真龍天外翻、兔盡狗烹何足恠、曾無血食報忠魂、

杜太后故里

誰將黃袍加我兒、兒有大志我先知、殿前檢點飛騰日、正是王家孤寡時、吾家借作前車鑒、兒終弟及母相疑、樞臣記言慈顏喜、寧知樞臣心則否、榻前一詔捲狂風、常棣花殘血痕紫

三洲曰、字字從題面生出、無一語浮泛、末結七字、一棒打殺宋家母子君臣、異樣出色、
湖山曰、似讀鐵崖樂府、
香巖李鴻裔曰、宋五大言、何止氣吞雲夢、
磐溪曰、寫得好笑、
紫巌曰、悲憤之思、以蘊藉出之、不數鄭監門流民圖、

八卦臺

睥睨坤輿黒子哉、亞歐弗墨是浮埃、五洲興廢憑誰卜、欲問庖犧八卦臺、

新樂縣途上

渺渺平沙驛路長、如舟小屋倚林塘、一生慣啖椿榆

陶堂高心夔曰、忠憤之懷、精識之論、關係世道人心不淺、使我起敬、是以繼聲、
雪門曰、如見肺肝、
磐溪曰、千鈞一髮、
對山毛祥麟曰、有慨乎其言之、

葉知否人間有稻粱、

天主堂

金碧耀日高煌煌、謂是西人天主堂、不獨邊海架十字、中原半為西教場、自稱西教窮深浩、不比空疎佛與老、更散貨賄昭重利、籠絡蚩氓一何巧、誰將爛爛巖下電、照破魔心裝佛面、孟軻不作韓愈逝、世道之微微於線、

漸卿詰兄懐詩見訪、和其卷中天主堂之詠、敬以奉貽、即聯是正、

高心夔

周王飲馬瑶泉岸、休屠金人負歸漢、流沙不度老

氏經、龍鷲紛紛鳴震旦、摩訶羅馬復代雄、西土氣衰流罽東、東極三山日出處、聲教舊與吾華同、孔孟雖亡心理在、至誠尊親況無外、後來祆俗劇豈尤、誰道皇風委荊艾、吾華百世安文柔、勢傾大瀛真可憂、空傳智士出丹穴、欲識異書堪白頭、詩客款門一驚喜、喜卿詩有湘靈音、登高不見繫桴山、愁思茫茫東海水、

南十里鋪題壁

未食首陽薇、先飯滹沱麥、我非戡亂人、亦非避世客、性僻喜遠游、風塵任僕僕、惟願到新豐、痛飲酒萬斛、

隱岍曰、胸次不凡、

香巖曰、吾讀徛、

磐溪曰、寫出光武心曲、

藹然不見痕、妙甚、

而後入巴蜀、飽啖茘子肉、任他笑貪饞、胸中闊千尺、

千秋臺

得官當作執金吾、娶妻當得陰麗華、此言本自肺肝出、真龍初志猶井蛙、新莽妖氛天地暗、捲雲高躍萬人瞰、昆陽雷雨滹沱氷、一朝身應金刀讖、臺前獻壽朝羣臣、今日始知天子尊、回頭笑語陰皇后、望外亦知有美人、

車上書所見

月未離畢豈滂沱、井水不如流汗多、矻矻汲井灌隴畝、井若告竭將奈何、我行冒熱日午時、停車愍憩為

三洲曰、借畊夫之口、寫出在上君子之醜態、足使朝紳媿死、

紫巖曰、立言得體、

隱畊曰、慷慨悲歌、有聲有色、

劍盟曰、清挺、

磐溪曰、呼醒肓俗不少、

寵九蔡錫齡曰、語奇而正、

隱畊曰、翻陳出新、亦有

致辭、廟堂君子恤民隱、旱魃雖虐勿憂飢、農夫舉手笑且應、四體不勤徒為佞、試將君子比夏畦、夏畦不病君子病、

燕趙途上

撲面塵三斗、縈心柳萬絲、邯鄲仙夢短、燕趙古歌悲、野色晴逾曠、山容近更奇、周遊男子事、須及壯年時、

金提店、相傳為郭巨鑿獲金釜處、

殺兒罪非小、活兒罪更大、誰知至孝情、多出人情外、

豫讓橋

一劍如霜白日寒、漆身吞炭幾辛酸、酬恩不愧男兒

深意、

隱畊曰、景春見不到此、對山曰、一氣呵成、豪横絕世、

磐溪曰、警拔、

隱畊曰、想見雅人深致、三洲曰、末句前人未道及、以外人賦此題、不可無此一轉語、

事、自古人生知已難、

沙河

七國何紛擾、朝從而夕衡、一試揣摩術、金印光瑩瑩、當世無賢士、倖成豎子名、至今沙河上、猶說蘇秦亭、

黃粱夢鎮

山月林風興自長、榮華轉眼即荒涼、盧生也被仙翁誤、枉向黃粱夢裏忙、

宿邯鄲

緇塵容易上征裘、露宿風餐萬里遊、客到邯鄲眠始穩、一場鄉夢勝封侯、

三洲曰、魏武得此七字不知地下作何顏色、

湖山曰、憂患養德性、可謂名言矣

磐溪曰、十分精力、吾無遺恨、

三洲曰、筆力健舉、筋緊骨堅、可稱七律上乘、又曰、七八項第六一直說下、不歸入本題、仍是

鄴都懷古

銅臺一夕起悲風、柳怨花愁淚雨紅、繐帳笙歌長不改、死猶好色笑英雄、

羑里城

斜陽影裏久徘徊、羑里城荒鳥雀哀、誰識聖人真德性、也從憂患玉成來、

鄂王廟

隱畊曰、字字精當、筆挾風霜、〇煕齋曰、不即不離、弔古絕唱、〇雪門曰、老吏斷獄、

痛飲黃龍志欲成、金牌何事枉班兵、中原草木皆腥氣、十道風雲盡哭聲、誰道賊臣能構獄、不知高廟竟無情、兩宮長作望鄉鬼、月苦霜淒五國城、

不離本題、妙甚、

三洲曰、弔古之作、命意往往奇警切中、近人唯張仲治有此、

隱岍曰、恰是途中情景、

對山曰、其秀在骨、

枕山大沼厚曰、如讀船山集、

紫瀫曰、峅渾曰、雄渾、

端木子故里

先賢故里遠來遊、滿隴黃雲正麥秋、十哲之中推經濟、多知貫得到源頭、大仁店近薰風暖、飛鳳山高朝旭浮、堪笑世間窮措大、漫將貧賤傲王侯、

衛州途上

萬里黃沙兩鬢絲、自憐吟骨瘦於詩、雨行苦冷晴行熱、乍著重裘乍著絺、

新鄉縣阻雨、西風寒甚、

征衣敝盡髮鬇鬇、愁對清樽獨自傾、亂後中原多戰骨、眼中宿莽是荒城、驛窗有夢尋鄉夢、燈火無情照

客情記取新鄉今夜雨西風匝屋作秋聲

同盟山

同盟山上樹森森想見當年旄鉞臨不是周王能克受人心向背即天心

罌粟花

紫巖曰體無比典賦語避去來今自是君身有仙骨世人那得知其故

翠袖輕飄不受塵嬌紅艷紫殿殘春前身應是傾城女香色娛人又殺人

宿孟縣

大行西來何崢嶸幛列屏圍擁北京迤為百花又馬耳餘勢起伏趨井陘我行日與山相遠山色送我青

磐溪曰本同盟守能言難言妙甚

隱畊曰新艷而復痛快咏物詩中僅見之作

三洲曰新巧此題之詩從未有如此作須印刷此詩千萬紙使支那人戶誦之

香巖曰比擬成趣

竹崖子賞之曰、真摯、磐溪曰、纏綣之情、恐切於此時、

不盡山靈應與我有緣、幾回相望轉纏綣、晝行看山未暫間、夜窓又自對孱顏、今宵始與名山別、枕上無端夢故山、

孟津

磐溪曰、也壯也悲、

天涯飄蕩竟如何、齊魯幽燕次第過、虐雪炎風人欲老、兩年兩處渡黃河、客冬衝雪過山東渡黃河、

洛陽

磐溪曰、風趣無限、

落盡百花春已殘、薰風一路擁征鞍、魏姚自有前生約、恰到河南看牡丹、

乾陵

隱畊曰、意在言外、
隱畊曰、含蓄不盡、
三洲曰、好議論、
劍盟曰、無限感慨、
隱畊曰、令人聞風興起、
三洲曰、句句奇創、真無一字猶人、可謂才人之

武家風是呂家風、玩弄乾坤在掌中、地下相逢應一笑、綺羅叢裏兩英雄、

天津橋

人才何必分南北、標榜漫傳道學名、獨使半山憂社稷、天津橋上杜鵑聲、

王祥河

聽得鴉兒反哺聲、征人來此若為情、北邙陵墓多無識、一水長留孝子名、

楚坑行 紫巘曰、字字奇闢、長吉錦囊佳句、何以加茲、

楚坑高兮秦關低、坑中夜夜哭聲悽、一叢髑髏怨不

詩、
枕山曰、奇想可喜、西楚大王不若一趙卒、古人未經道、
紫瀫曰、奇句、真似李長吉、
三洲曰、末句何等俊拔、
紫瀫曰、盡而不盡、極合短古體裁、
磐溪曰、穴居之狀寫得逼真、

滅化為亂石、囓馬蹄、君不見烏江重瞳子、頭飛肉散無完體、何若秦卒二十萬、能全身首聚坑底、

崤函

三晉雲山連秦樹、斜陽欲沒崤函路、亂石怒與車輪搏、響徹幽巖起怪霧、當年此地扼戎兵、刀折弦絕天冥冥、二陵風雨來不盡、秦人骨白晉山青、

穴居歌

鑿崖為室土為席、只有扃扉不須辟、屋上坦坦廣幾弓、牛挽碓車人曬麥、在屋戴地出踐天、上天下地距咫尺、垂髫黃髮長團欒、終身唯知穴居適、竹生竹生

枕山曰、人生識字憂患始、坡翁所言、于今信之、

紫瀫曰、出以比興、一語抵千百、

隱卅曰、仲連所以為天下士也、

香巖曰、似漢魏謠諺、

磐溪曰、薛君逃關之時

欲何為、十年敝盡遠游衣、病妻稚子天一角、楚水秦山髩欲絲、嗚呼何不擲書買耒耜、穴居子笑行役子、

函谷關

峰巒疊如夏雲起、中通一綫不方軌、重關已扼百二雄、形勝更控黄河水、憶昔秦人擅富強、祖龍威暴乃虎狼、六王膽破無顏色、朝從暮衡皆如狂、珠履金印爭延賓、遷軾結轍來往頻、寧知扶危自有道、堪笑鷄鳴狗盗人、

又

五更鷄唱辭荒驛、函谷馬嘶天欲白、重疊抱關皆土

有此景況否、

劍盟曰、孝恩友誼溢於言表、

竹里曰、真切、

枕山曰、少陵太白湊合成妙、

三洲曰、魄力汪莽、直逼

山山巔山腹種麻麥、

宿盤豆驛寄懷友枝庄三

我發燕京日、君書自遠臻、未展心先喜、一讀淚滿巾、君夙樂高踏、憂道不憂貧、常棣萼柎散、辛苦在天倫、陟屺遥瞻望、望斷萱花春、中夜夢負米、覺來疑是真、對人強言笑、向隅獨吟呻、天心薄孝子、何地植忠臣、吾言不他告、君聞且勿嗔、歸期秋風近、鄉味欲及蒓、與君浮鷹水、依舊釣細鱗、今夜月如眉、我行初入秦、屋梁依稀影、恩君展轉頻、知君當此夕、亦當思故人、

潼關 即風陵渡在○紫黻曰、渾灝流轉、五律正宗○劍盟曰、壯采紛披、

唐賢、
隱畊曰、氣魄沈雄、俯視一切、
隱畊曰、調高響逸、
磐溪曰、前聯不攀之意既見、
又曰、與韓公衡山之嘆事異意同、
三洲曰、劍舞四句妙有

匹馬蹄聲急、風陵欲起風、河流抱城濶、山勢入秦雄、
市近人烟密、關高鳥道通、長安何處是、目斷夕陽中、

華山 二首

雲際蒼龍隱鱗甲、天邊玉女露嬌鬟、詩囊欲蓄烟嵐
秀、立馬貪看大華山、
暫駐征驂大華前、滿林積翠雨如烟、雲間鐵鎖通仙
路、天半瑶華湧妙蓮、大地茫茫吾欲老、千秋邈邈客
猶眠、名山在眼難攀得、奈此風塵未了緣、

鴻門

紫巖曰、奇思獨闢、却又俯拾即是、故妙、又曰、不忍
句、精與似子、又曰、神光離合、紙上有風雲之色、

重瞳視近不視遠、沐猴而冠韓生哂、誰道大王性不

轉折、通篇開闔頓挫似史公寫鴻門會、
磐溪曰、借一忍字、翻案留侯論、絶世奇作、
紫巌曰、夾叙夾議、無礙辯才、
磐溪曰、情在言外、人所不知、
紫巌曰、風浴七字神來、
三洲曰、風神欲絶、
雪門曰、情景宛然、
劍盟曰、婉麗、

忍、不忍、可忍、忍不忍、劍舞雙雙白日寒、真龍低首慘無神、忍然一捲風雲起、玉斗撞碎謀臣嗔、君不見新安白骨高於岡、寃氣干今草不蒼、忍坑秦卒二十萬、不忍俎上一漢王、

晨起浴驪山温泉

濕烟縷縷日升遲、風冷華清曉鳥悲、最是遠來憔悴客、温泉如鑑照鬚眉、

灞橋

水綠山明閲幾朝、古陵寂寞草蕭蕭、多情秪有風前柳、飛絮隨人過灞橋、

雪門曰、丰神採曳、
紫巖曰、柳有情、月無情、意之所至、筆即隨之、

雪門曰、亦饒秀、
隱瞴曰、唐音、

香巖曰、一氣貫注、
磐溪曰、或云、支那即秦字、其早稱於西洲、以築萬里長城、然否、

長安旅夜

承露盤空仙路絶、延秋門古夜烏悲、無情一片長安月、偏向離人照鬢絲、

咸陽

洗盡炎塵一雨晴、田田苜蓿馬蹄輕、終南山色長安月、夜送行人入渭城、

始皇

法若牛毛吏如虎、却嗤秦網太恢疎、銷兵未到澤中劍、刼火猶餘圯上書、徐福三千攜艶玉、祖龍一夕化游魚、經營別見英雄迹、萬古長城銕不如、

香巖曰、卓識、
枕山曰、隨園得意處、
磐溪曰、吐囑醞藉、贈華人常如此、
隱畊曰、三四淡而有味、
香巖曰、絃外有音、
湖山曰、國風好色、大王好色、千古人情如此、用烟月笑人等字、覺新奇可驚也、
隱畊曰、自古才人亦未有不多情者、

馬嵬

六軍底事駐前旌、枉殺蛾眉太不情、畢竟君王忘旰食、美人未必定傾城、

贈扶風孫明府

四海皆兄弟、逢君信此言、一身忘是客、終日為停轅、踐履儒風貴、耕耘土俗敦、南薰生意滿、膴膴古周原、

夜發岐山、寄内、

岐山風化啟雎麟、走馬朝來西水濱、自古聖賢皆好色、有情烟月笑離人、

冒雨踰大散關、至東河橋、

磐溪曰、地是東河橋、能無想我岐蘇道中、
枕山曰、詩中列子、
三洲曰、絕入棧中、詩即峭峇多烟嵐氣、
枕山曰、結二句豪爽張問陶當豎降旗、
香巖曰、頰上添毫之筆、
隱叟曰、筆下亦有豪氣、

怯雨脚底起、還傾頭上缸、千峯懸飛瀑、萬壑互吐吞、雲與人争路、人奔雲亦奔、一笑跨奔雲、冷然下前村、

白家店雨夜 劍盟曰、横空盤硬語、是學昌黎而得其神似者、

石氣蒸作雲、吹送千山雨、羈懷慘不樂、孤燈耿蓬户、夜黑林有風、惡夢忽逢虎、 隱叟曰、破空而來、

度鳳嶺

棧雨闗雲滿客袍、我行逾遠氣逾豪、秦川如綫樹如薺、立馬天邊鳳嶺高、

留侯祠

水自涓涓山自葱、祠堂深鎖夕陽中、赤松應在荒唐

磐溪曰、非此不足排俗說、

香巖曰、音節入古、

紫巖曰、千鎚百鍊、

陶堂曰、删末二句更高、

紫巖曰、善摹奇景、筆力千鈞、

三洲曰、五六妙絕、肖李青蓮芳樹春流一聯、

紫巖曰、清廠芊綿

境、黄石終歸亡是公、祇願報韓全素志、敢言佐漢奏奇功、史家徒說知幾早、千古無人識苦衷、

度畫眉關至馬道 二首

曉月送我畫眉關、忽到鋟佛焦巖間、（鋟佛、焦巖俱地名、）武曲之蹊何屈曲、褒谷之水幾彎彎、欲墜不墜石抱石、欲飛不飛山掖山、千古烟霞應有待、不遣塵蹤留仙寰、（武曲鋪西有石、鐫千古烟霞四大字、）

奇峯當面起、怪石壓頭傾、褒谷連斜谷、山耕雜水耕、隴雲晴帶雨、秦樹夏啼鶯、莫問興亡事、前途多古城、

馬道驛北一水曰樊河、相傳酇侯追淮陰至此

隱畊曰、起勢超脫、
磐溪曰、忽取俗說化爲好典故、飾促意足、古樂府妙訣、
隱畊曰、收筆勁峭、
竹厓曰、遒鍊、
枕山曰、才筆縱橫、隨園亦瞠若其後、

次之

隆準是盲龍、重瞳乃沐猴、天下幾人識英雄、獨有漂母與鄭侯、一夜東遁鞭匹馬、非我負漢漢負我、樊河水漲不可行、下馬河上藉草坐、無端聽取碧蹄聲、何人履我呼我名、厚意未報一飯德、田鞭且酬知己情、却有神駿留化石、禍機似飄狗烹客、千載難招鐘室魂、石馬不嘶山月白、山上有石、狀如馬、傳爲淮陰所乘馬所化、

觀音碥

巨靈擘恠石、疊之作奇巒、綠草生石隙、嬝娜媚于蘭、上有百尺瀑、吹雪六月寒、下有千丈壑、水黑毒龍蟠、

紫巖曰亦清婉亦拗折、合韓蘇昌黎為一手、又曰筆足以達難顯之情、

紫巖曰巴蜀為中土最險之地非此不足以達之、

一步一奇出、百回千回看、欲寫幽奇景、倪黃亦應難、詩魔已乞降、苦聲繞筆端、忽驚紫雲起、慈帶立巑岏、

褒姒舖

烽火衛霄虜騎馳、檿弧箕服果妖兒、一言一笑傾人國、善學展禽是息嬀、

鷄頭關

七盤之路何崢嶸、水嚙山根山欲傾、人影高從九天落、吟肩聳與亂峯爭、巖留鳳嘴雲常護、（嶺上一巖名鳳嘴、）石化鷄頭夜不鳴、（嶺上又有巨石、狀如鷄頭、因以為關名、）百二秦關從此盡、平原開處見褒城、

劍盟曰：放翁遺句。

紫巘曰：蘊藉風流。

湖山曰：奇險之景，出以穩秀句，老手老手。

紫巘曰：晚唐佳句。

香巖曰：第三首入妙。

雪門曰：栩栩欲活。

棧中雜詩

游遍中原尚未還，肩輿又向錦城間。亂峰迎客益門鎮，冷雨吹衣大散關。誰架垂虹通石棧，我來叱馭度雲山。憑君莫說三巴路，未聽猿聲鬢已斑。

送勝迎奇日日忙，者番游景滿詩囊。山遮馬首疑無路，峽聽鷄鳴別有鄉。一澗白雲人影淡，千林綠雨客衣凉。旗亭酒熟宜微醉，野蔌溪魚飯亦香。

山家枕水小於船，豚柵鷄棲共一椽。衣帶棧雲疑有雨，日蒸關樹欲生烟。怪峰危嶂犢耕石，黃麥綠苗鳩喚天。蜀道雖高多坦路，乘輿安穩不妨眠。

隱岬曰、十字奇峭、

雪門曰、逼近唐音、

磐溪曰、是則破解俗説者、飛仙臥龍對配妙、

磐溪曰、起得雄偉、

宿褒城 有雲濛山、相傳徐佐卿駕鶴登仙于此、

秧青新雨後、一路水濺濺、峽盡野初濶、山開天忽圓、
褒城平似掌、漢樹淡於烟、借問雲間鶴、飛昇有幾仙、

黄沙鎮 武侯所開、志謂、青城道士曽憇于此、未幾仙去、故又名曰仙留、

丞相經營扼要衝、山圍古戍水溶溶、居民也自知輕重、不説飛仙説臥龍、

武侯墓

阿瞞仲謀草竊耳、高臥南陽不肯起、龍孫三顧何煩煩、君臣相契如魚水、率土誰非漢室臣、鞠躬誓欲掃風塵、鑾輿七擒伏天討、出師二表泣鬼神、北風不競

雪門曰、陳壽本為穢史、此論甚當、
紫薇曰、論史有識、
又曰、結句嗣響杜少陵、
磐溪曰、結得悲壯、
磐溪曰、湊合妙、但恨華人不易解、
枕山曰、亦是坡公舊想、一轉為新、
紫薇曰、精警共本質、傳之以色澤、若置飛卿集中、直可亂真、

我武揚、中原父老爭壺漿、俗儒安知王者師、漫言用兵非所長、星殞郿原炎運蹙、一家熱血殲綿竹、家國存亡終始同、惠陵無人杜鵑哭、山色千年猶如故、老柏深藏丞相墓、追懷當日淚瀾翻、灑向定軍山下路、

又

三弔忠魂泣湊河、定軍山下又滂沱、人生勿作讀書子、到處不堪感淚多、我朝楠公與武侯事相類、楠公墓在湊河上

蔡嶺道中

枇杷黃熟杏桃紅、一路旗亭酒不空、水漲田田溪雨足、山鶯啼老綠秧風、

雨踰五丁關（即五丁開山處）

路似羊腸往復還，籃輿咿軋濕雲間。舊知蠻俗仍羌俗，送盡秦山又蜀山。滑石亂流三日路（由大安至黄壩溪澗溝渠有數十道），盲風恠雨五丁關。天涯落魄感何極，衣上泥痕和淚斑。

宿寧羌（紫瀫曰善狀奇景畫棧道者所不能到又曰情中有景境中有人）

深谷長留太古風，逼人爽氣自蓬蓬。萬峰束天小於甕，客與繁星宿半空。冷燈一點夢魂瘦，搖搖猶向家山走。夜靜驚聞屋瓦崩，奇雲壓窓雨如豆。

雨宿木寨山

對山曰風致嫣然

隱畊曰百鍊千錘成此奇句

香巖曰句奇意創此集中古體之劖勝者

三洲曰落想天降善狀難狀之景

對山曰戛戛獨造

紫巘曰、紙上有陰森之氣、親其境者可知也、

湖山曰、把酒酹五丁、亦是奇句、

三洲曰、新晴句錬字、勝放翁快晴生馬影、

紫巘曰、健字分字有無限力量、

隱畊曰、非幽人不能領略、

怪底陰寒逼卧屏、斷雲一片在窓櫺、林藏虎影風聲惡、水帶龍涎雨氣腥、鄉夢崎嶇山巘巘、夜燈明滅鬢星星、壯心銷盡蠶叢路、把酒慇懃酹五丁、

新晴發木寨山

已有先吾發、鈴聲隔谷聞、新晴人影健、亂水馬蹄分、山赭樓黄麥、林深釀緑雲、探奇如學道、要在忍辛勤、

龍洞背 即古龍門閣

龍洞深而黝、中有萬雷轟、吸盡前溪水、吐從後澗傾、上有玉皇觀、深樹映雕甍、苔古鱗甲滑、沙肥脊背平、奇巖蓮花現、恍聞妙香清、滿山多怪石、一一如鑿成、

枕山曰、宛然大蘇手段、

三洲曰、健筆紛披、於少陵紀行諸篇外、別豎一幟、近世清人紀游諸作、摹擬少陵千篇一律、愈多愈可厭、不及此等詩遠矣、

隠卅曰、奇境須得此奇筆狀之、

紫巌曰、既奇而法亦正、而葩真願書萬本誦萬遍、口角流沫右手胝矣、

造物真好事、斧斤費經營、大笑立龍首、老龍眠不驚、

朝天嶺　朝天鎮在其下

雄鎮踞一方、形勢如在井、出井忽近天、道是朝天嶺、
俯視嘉陵江、倒蘸千仞影、日光不到處、濕雲朝暮冷、
鳥路幾縈回、連天一綫永、前行人已遠、猶在後人頂、
巨石當道出、贔負各爭猛、起者如豹虎、歌者如舴艋、
或瘦而嶒嶙、或秀而明靚、或獰而攫地、或頑而生癭、
百竅自玲瓏、一一可貫綆、巖間水滴久、此中皆幽景、
巨靈去何年、無人來管領、昂頭嘯蒼穹、日落萬籟靜、

千佛崖

雪門曰、妙諦、

雪門曰、淺淡入神、

劍盟曰、秀色可餐

懸巖臨水甚奇崛、誰向巖間刻千佛、大龕小龕佛纍纍、面目依稀總如活、過客拍掌稱奇妙、全身裝成金碧耀、但恐佛有靈兮佛亦愁、愁竭民膏塗石竅、

劉茂錫自陝西送至廣元、臨別賦以為謝、

相遇論交臭味真、天涯知己勝鄉親、蜀山棧與秦川峽、一路憑君作主人、

聽妓彈琵琶

青衫有客入三巴、望斷東天遠憶家、一握江州司馬淚、嘉陵水上聽琵琶、

昭化縣客次遇盜

香巖曰、工於發端、
又曰、此與下與歌想見作者之悱惻、
枕山曰、歐北口吻、
紫巖曰、藹然仁者之言
紫巖曰、情深文明、

如有人兮戸半開、夢醒急呼僮僕來、獨失汗衫與破帽、盜兮盜兮費我疑、盜兒之意何為耳、入室未嘗胠行李、深知寒儒太落魄、無乃梁上古君子、聞説萑苻徧江湄、夜夜來覰行旅帷、殷勤示我前車戒、果然君子是吾師、嗚呼汝盜有徳性、何不告我以名姓、天下原少忠恕人、勿向他人加盜行、

昭化阻雨

江城隱隱柝聲沈、孤枕淒凉萬里心、數盡歸期聞點滴、巴山夜雨一燈深、

劍閣

紫巘曰通篇從劍字落想語語不拾人才慧或謂非上乘禪其然豈其然乎

紫巘曰劍字襯筆

雪門曰一結有江上數峯神韻

紫巘曰劍字正束

紫巘曰奇麗

雪門曰興會飈舉

不入劍州路，焉知蜀山奇。曲折鑿成道，夾崖壓人危。半峰以上峭而立，氣沖霄漢勢岃岌。裙腰一帶亂石闌，鋟色黯黕晴猶濕。截然中斷開一門，高架重關障雄藩。時平鎖鑰生綠鏽，日紫雉堞留血痕。東容萬里來巴蜀，無端鄉愁積成斛。臨風且歌蜀道難，遇雨又唱淋鈴曲。蜀道即今為康莊，蜀山依舊攢劍鋩。劍鋩日觸離人目，不怕離人日斷腸。

姜平襄侯祠 劍門南數百步為姜公駐軍處其左隔水丘上有公祠

奇峰爭削芙蓉鍔，千朵萬朵擁劍閣。高鳥退飛不能度，全蜀北門資鎖鑰。陰平鼓聲如疾雷，北兵踴躍從

紫薇曰、好斷制、
磐溪曰、為姜公吐氣、劍山亦有情、
紫薇曰、借旁意結醒、
雪門曰、可入賀囊、
隱畊曰、音節蒼凉、

天來、屈膝甘向魏廷拜、劉家孺子何不才、姜公祠枕潺湲水、我來下馬烟雨裏、斷碣殘碑涕淚多、荒烟蔓草迷古壘、臥龍雖逝猶有君、其奈天意厭三分、鄧艾檻車鍾會死、忠魂含笑乘風雲

宿劍門驛

酒痕淚點客衣斑、一夜歸心滿劍關、巴雨蜀雲人萬里、杜鵑聲裡夢家山、

不寐有感

水行苦多風、山行苦多雨、蜀山行不盡、雨絲日縷縷、備嘗遠客情、寫入新吟譜、勿謂少年狂、我已為人父

枕山曰、敘得憶家之情綿綿不盡、

劍盟曰、清空一氣、

燈昏破屋中、漏濕無乾處、愁聞隣兒啼、呱呱頻索乳、

天成橋上作

劍門疎雨散如塵、淡綠濃青點綴新、欲畫不知身入畫、天成橋上看山人、

發劍州

雞籌報曉夢魂驚、又治行裝出劍城、雨蝕殘碑前代字、風吹老柏漢時聲、（劍門以南、老柏夾道、相傳為蜀漢時所植、）半生詩酒逞狂態、萬里江山弔古情、溫飽原非男子志、破氅短褐一身輕、

劍州雜詩二首

隱畊曰、唐人名句、劍閣句、逼近晩唐
紫巘曰、二首神似放翁、
隱畊曰、神似杜陵、
枕山曰、冷語妙甚

湍流激石響如霆、古廟陰森龍氣腥、雲絮亂黏巴樹白、子規啼破蜀山青、天低劍外朝捫斗、雨滴愁邊夜聽鈴、遠役何堪多病客、數莖蓬鬢漸星星、

木葉初黄上棧車、綠陰時節尚天涯、雲封劍閣猿啼晝、雨滿巴山客憶家、故劍依人情切切、余之西航、屬家累于增田氏、聲絲學語響哇哇、一女甫三歲、慇懃莫把歸期問、岷嶺吳江萬里賒、

上亭鋪 一名郎當驛、即明皇聞鈴處、

詩情酒興任縱橫、莫管蛾眉恨未平、地下三郎應妬殺、看山含笑聽鈴聲、

陶堂曰、此詩高老無匹、步虛二字、為下昇仙作一引線、使四韵不減雨檝、
又曰、繞雀嵬三字、乃唐人秘法、漸卿遂得之耶、
紫巖曰、起勢突兀、

送險亭下作

鷄鳴桑樹夕陽頽、一望平原秧綠堆、山入雲中飛舞去、人從天上步虛來、昇仙無術容將老、七曲山有盤陀石、相傳為仙蹟、送險有亭顏始開、預想梓潼今夜夢、猶攀星月繞崔嵬、

下轎歌

自入棧道、每遇高山危磴、必下轎而步、以分轎夫之勞、陶公云彼亦人子也、作下轎歌、

下山如入井、上山如升天、盤曲石為梯、岦岌馬難前、轎夫跋涉雲嵐裏、雨淋日炙無時已、舁我入井又升

雪門曰仁者之言藹然

紫巖曰句奇峭

紫巖曰仁人之言其刺薄哉

磐溪曰天下本少忠恕人今乃有之輿夫之感泣何如也

天一肩積血兩圍紫君不聞古聖重民力力役三日心惻惻又不聞良將恩如父常與士卒同辛苦我下轎步脚鑄鉄蹈破山腹石皆裂轎夫舉手一齊呼勇是孟賁心是佛吁嗟乎坐轎人與舁轎人一勞一逸大不均舁者莫辭一身苦坐者須發一念仁大道陵夷風俗薄富役貧兮強陵弱要知我苦人亦苦莫向人前貪獨樂我顧轎夫每長嘆客路何忍加呵譴坦處乘轎仄處行歷盡蜀山險萬變

發梓潼

剪剪輕寒襲細綿我行已出萬山前輿窓日日霏微

磐溪曰、隨處考證、
磐溪曰、第三妙句、第四奇句、
紫巖曰、葱蒨之色、撲人眉宇、
湖山曰、題中有詩、

雨、始信梅霖到蜀天、范記云蜀中無梅雨、未必然也、

雨中過石牛堡

松竹深深翠欲流、郊園曉冷淡烟浮、天停宿雨為今雨、連日滂沱、昨天陰而不雨、人叱水牛耕石牛、劍州以南多水牛、山轉溪迴又巒落、鵑啼猿叫總離愁、閨中若問金錢卜、用成句一片歸帆八月秋、

過魏城驛抵綿州

濕雲低處一鳩鳴、十日曾無雨日晴、滿地桑陰深又淺、吹為綠雨到綿城、

自綿州抵皂角鋪、一路所過、宛如故鄉風景、

紫巖曰、幽艶、
寵九曰、古拙似老杜石笋諸作、
湖山曰、仁愛之情、觸緒即見、
雪門曰、三四切當、

一路鷓鴣泥滑滑、千山杜宇雨霏霏、映衣秧緑濃於染、出屋炊烟濕不飛、堂北草深懐益母、天南羽倦憶當歸、松光竹影參差裡、寫出鄉園白版扉、

飛石　在涪江、俗傳從羅江飛來、

巨石一夜乘長風、飛自羅江來涪江、形如廈屋色如鐵、屹立洪波千頃中、汝無羽翼解飛舞、堅骨稜稜自千古、惟汝能挽既倒瀾、故向横流作砥柱、何不飛向窮閻貸一椽無家之子泣風雨、

麗侯祠

歲時俎豆自悠悠、祠廟巍然祭靖侯、才大真難容百

劍盟曰、詠古触寫出前人心事來方為有識、

湖山曰、老練整肅、詩亦如武侯兵法、以下數十首、縱橫變化有征南蠻臨中原之遺意、敬服敬服、

枕山曰、欝欝二句、宛然老坡、

里功成尚恨出中謀、（侯嘗獻上中下三策、先主用其中策以取蜀、）鷹揚未集三巴業、鳳去長留萬古愁、獨使一身當內外、卧龍何以復神州、

過彌牟鎮觀八陣圖、慨然有作、

嗟嗟八陣圖、千秋蹟不滅、雄材冠武韜、精義探羲易、疊成三尺壘、分作八門闕、中藏十萬兵、鎧光寒白日、威留魚腹浦、氣蒸蛾眉磧、憶當征南蠻、神出而鬼沒、又復臨中原、風雷捲地發、生前無匹敵、死猶走仲達、欝欝定軍松、蕭蕭彌牟月、我來對悲風、滿腔沸熱血、馬革當裹屍、高卧非人傑、

隱畊曰、纏綿悱惻、情見乎詞、
磐溪曰、與七年夜雨不曾知者、風情柰何、
枕山曰、真個成都絕句、
隱畊曰、渾灝流轉、開合自如、
湖山曰、懷古諸作、余以此篇為第一、
香巖曰、三四論古為卓識、
雪門曰、詞不泛設、可謂

成都雨夜

簾冷香消夢後情、錦城歌管夜三更、傷心柰此天涯客、獨對殘燈聽雨聲、

昭烈廟 即惠陵所在

修廊曲殿矗層層、尚守先祧有老僧、一體君臣長合祭、祔祭武侯及諸功臣 三分事業繼中興、荒烟何處埋疑塚、翠柏于今護惠陵、漢賊從來不兩立、紫陽特筆凜如氷、

後主

降車遠出錦官城、從此炎劉火德傾、國小興亡關正統、才愚終始聽阿衡、一坏陵土艱難業、千古蘋蘩庇

詩史、
香巖曰、已得唐賢三昧、
枕山曰、大爲詩人吐氣、
對山曰、有絃外音、
紫巖曰、未經人道、
劍盟曰、逸情雲上、
磐溪曰、宛然華人口氣、
非此不足以贈陳明府、

蔭情、配食昭烈廟、賸有永安宮裏詔、英雄心事自光明、

草堂寺

大耳經營壁壘荒、三郎遺跡亦荒茫、水光竹影城西路、來訪詩人舊草堂、

支機石祠

世上漫傳織女機、荒庭草色滿烟扉、無情當日乘槎客、不載天孫載石歸、

贈陳錫璋明府

客裏光陰亦惜分、每逢知己便論文、到門今雨心如洗、入室南風人欲薰、德政原從儒行得、頌聲早藉口

碑、聞、慶雲一片須、珍重、變理他年定、屬、君、陳有徳政、詳于棧雲峽雨日記、

蜀産歌

蜀錦顏色不烱烱、龐功今日居下等、寗遠又竭金銀氣、寒精夜夜泣空礦、山深却少棟梁材、運搬遠從黔滇來、煤炭唯上富家竈、紫草僅給貧户炊、茶樹斫殘稻苗嫩、倉穀足以濟凶饑、別有藥物推大宗、年年販售金百萬、君不見禹域殷富在江南、粟米如山又浴蠶、錦繡文章千萬户、西來猛虎視眈眈、

曉踰山泉舖、

陶堂曰、善哉規圓乎、足以為法矣、
又曰、雜次言之、是格竒也、雜而不滯、是句法變也、不作首尾、只用蜀字江南字相映、是心思密也、遺古樂府之貌而得其神理、大難大難、
桐雲曰、一結大有深意、
香巖曰、收句自妙、

竹癯曰：神完氣足。

湖山曰：曉行深霧之景，描得妙。

對山曰：御風而行，泠然善也。

枕山曰：此首善學張船山者。

石氣濛濛白散作萬山雲，馬影當面失，鈴語到耳聞。行至天近處，忽然吐朝暾。一半是渾沌，陰陽猶未分；一半金世界，萬象粲成文。自疑化瞿曇，不然入仙羣。須臾雲捲盡，遼闊天地寬。顧影發大笑，猶是風塵人。

過古折柳橋

錦城春事去怱怱，瀘水渝山又向東。客思濃於戎酒綠，衰顏何似蜀江紅。（錦城以南水皆濁而赤。）一家消息雲天外，十載光陰離別中。慵向橋頭尋古柳，鬢寒影瘦不禁風。

自內江至隆昌

香巖曰、龍標遺響、

湖山曰、風調絶佳、情味不淺、

劍盟曰、思清骨秀、

磐溪曰、炎天早發、寫得實際、

拳徽曰、眼前語、出以緻鍊、便佳、

湖山曰、鹽井之狀、寫得詳審、所謂有韵記文者乎、

稻花香裡鳥聲圓、山色圍村水滿田、風景依稀故園路、不知身到夜郎天、隆昌、古夜郎地、

曉發榮昌

屋小氣如蒸、出門見殘月、月弦赤於火、知送夜來熱、欲乘曉氣清、客先鷄聲發、

鹽井

鹽井至小可覆掌、接筏裊裊幾百丈、遠送竹筩取鹽水、牛車挽之冉冉上、桶承筧送長不絶、瀉入紅爐鳴活活、火候漸進水氣盡、無端高堆萬斛雪、聞說巴東朐䏰井、鹽水自凝形如笋、碎來萬點吹不飛、鹹中別

隱叟曰、造句如生鐵鑄成、
香巖曰、諷刺之旨、出以醞藉、尤愜詩人温厚之懷、
枕山曰、宛轉回顧、有古法、妙絕奇絕
竹崖曰、沈痛、
雪門曰、真實語、今日之去思碑當鑿之、
香巖曰、寫出形勢、

帶甘味永、君不見蜀江如箭石巉巉、萬里不通海客帆、天心巧作生生計、海有海鹽山山鹽、

德政坊

文翁黃霸無處無、德政之碑滿通衢、口碑不如石碑美、今人應笑古人愚、昨日一莖生兩穗、今日羣虎過江逝、閭閻菜色非凍餒、訟庭哭聲皆感涕、一朝解任無人說、碑字埋苔任摧折、石碑口碑孰為久、口碑不滅石碑滅、

重慶府

盤石拏城聳半空、大江來抱氣濛濛、山風帶熱水含

隱盺曰、倜儻不羣、

紫髯曰、風流自賞、如三河少年、

香巖曰、雋永、

湖山曰、好竹枝、

竹虛曰、娟娟可喜、

枕山曰、意悽而調健、

毒、身在蠻烟瘴雨中、

巴峽

雍州行遍又梁州、客路風塵欲白頭、載得歸心下巴峽、長江萬里一孤舟、

泊施家灘

施家灘上泊舟時、落盡楊花聽子規、山靜江深天在水、一痕新月小於眉、

涪州

茘枝推閩中、經歲味尚美、川廣雖多液、乾之則瘠矣、要取其未乾、健馬馳千里、七日到長安、妃笑天顏喜、

紫溟曰、奇語、中國人所不能道、

竹處曰、神味大佳、

香巖曰、音節通近大歷十子、

隱畊曰、妙有神韻、

隱畊曰、語有關繫、

紫溟曰、尊題法、

我來乘扁舟、溯洄涪州水、何處妃子園、日沒江烟裏、

酆都縣　道家以冥獄為在酆都、遂以此地當之、

酆都一帶夕陽東、樹色深籠古梵宮、安得移身冥獄住、水明山綠畫圖中、

泊馬唐灣是夜雨、

愁邊燈火滅還明、到枕疎鐘夜幾更、一葉扁舟巴峽底、蓬窓和雨聽灘聲、

忠州　劉晏陸贄李吉甫白居易諸公、皆嘗謫于此、

斜陽映水暮烟浮、山郭凄涼氣似秋、祇為先賢遺愛在、荒城千古表忠州、

雪門曰、屹峙、

湖山曰、髣徒占靈境、彼此同慨

隱畊曰、形容盡致、

香巖曰、妙論前人所未發、

隱畊曰、論文、故亦不害平、

石寶砦

孤根拔地聳雲表、天風浩浩吹不倒、絕頂現出梵王宮、十層樓閣是磴道、上方鐘鼓度晨昏、畫中烟水下界翻、靈境多被僧占有、乃信福地在法門

雙渠子 灘名 ○竹厓曰、愈奇、一結有卓識、通體完足、

漩渦欲吞舟、舟子巧回避、右轉又左旋、綽綽有餘地、一渦纔過一渦生、江心殷殷萬雷聲、羣山挾舟皆飛動、孤客性命鴻毛輕、君不聞灔澦大如馬、瞿唐倨仄不可下、又不聞江流出峽險始夷、險始夷時江少奇、自古熊魚不兼得、笑問江神知不知、

香巖曰、奇情豪翰
湖山曰、句句挺拔、
紫瀓曰、奇景不可無奇筆、達之奇情狀之也、
香巖曰、陽耀陰藏、奇氣盤鬱、
劍盟曰、起句奇、結句峭、

由胡灘至萬縣

出峽又入峽、奇石爭獻奇、胡灘以東最奇絕、幾回狂呼神欲馳、人言亂石江之蠹、吾謂亂石是寶璐、有石、大江生顏色、無石大江只泥淤、石飛石跳灘又灘、石氣連山山骨寒、安借夜半負山力、一擔轎子移奇巒、

萬縣城西有轎子山、以形似得名、最為奇拔、

巴陽峽 峽口有龍蟠石、長數百丈

毒龍化為石、戀水猶蟠曲、水走龍欲呑、大江為之蹙、

峽口隘如閘、孤舟太偪仄、水面忽生鱗、涼風吹山綠、

夔州 二首

杭山曰、肖山谷老人、
湖山曰、英氣可想、

竹處曰、精警流利、
劍盟曰、詩思亦如蜀中山水層出不窮、

湖山曰、莽莽蒼蒼、似讀苑陵二家詩、
磐溪曰、其奇可想、其境如見、宛然一篇三峽記、

高城一片白雲間、江氣濛濛控百蠻、腰下寶刀鳴不歇、亂山何處鬼門關、

魚腹浦前風欲生、永安宮上雨初晴、灘聲高漲黃龍峽、月色将秋白帝城、二十年來爲客日、八千里外憶家情、孤蓬只趁東歸水、屢向舟人問去程、

瞿唐峽

灔澦當其口、盤渦與舟爭、一躍入瞿唐、水勢如瓴傾、奇巖高百尺、嶄絶皆削成、形紋赤甲爛、素彩粉壁明、何年毒龍爪、爬劈痕縱横、上見穴居者、天半帶雲耕、麥禾無生意、瘦葉皆倒生、天窄遅遍日、江霧未全晴、

枕山曰奇聯俱過轢蘇
又曰好結句
隱畊曰流麗
磐溪曰此詩便是一幅好圖畫矣
湖山曰澹陸外又出一

黑石灘無色風箱峽有聲客子方被褐病骨冷欲驚行出大溪口山明水亦平三峽從此始作詩紀我行

赤甲粉壁皆巖名黑石灘名風箱峽名崖上穴居者數户山間有土處皆墾為田種以菽麥

泊巫山縣

千古陽臺定若何翠鬟依舊靆晴波孤舟載得巫山夢為雨為雲恨更多

巫峽

巫峽之山高且大峰峰直矗青天外爭奇獻媚看何窮天然一幅好圖畫青則染藍白撒鹽鑿以龜坼削以鐵攉然而長毛生脛兀然而童頷無鬚松巒相對

奇何等才氣、
碧溪曰、形容之妙、使人飛舞、
湖山曰、奇警驚人、
枕山曰冷語絶妙、
隱畊曰奇語、

翠屏翠望霞還與起雲媚飛鳳翩翩舞態濃登龍躍躍鱗甲墜（松巒、翠屏、望霞、起雲、飛鳳、登龍、皆十二峯名、）矯如高士脫塵俗濯如美人新出浴已將超逸兼雍容端莊又見嬌態足中有巫山第一峯挿天玉筍雙玲瓏儼然占得九五位臣使諸山來朝宗君不見瞿唐未免挾霸氣至此正驚王者貴又不見效覃覃亦好嫣然西陵假十二（黃牛峽有假十二峯、極其明媚、黃牛一名西陵峽、）

紫瀫曰、怒罵以嬉笑出之、使君於此不

鐵棺峽（九、）

黃粱夢裡滄桑變石火光中閱世頻千載鐵棺懸不朽天邊白骨笑行人

枕山曰：亦奇亦怪，為今古未有之詩，却可當一編地理志。

湖山曰：事事皆實，華華變化，使人一唱三歎。

磐溪曰：客之火豚之食，禹域何異俗之多。

劍盟曰：此等詩近於歌謠，不嫌其率真。

雪門曰：起勢兀突。

舟中所見

誰將刼灰此中積，滿山黯黮如潑墨。居民藉以謀衣食，面目深黑疑鬼魊。濺水築填竹筒內，揑成一樣筒兒大。堆地千筒又萬筒，筒筒擔來向舟賣。君不見巴東土煤賤於薪，千筒不抵錢一緡。又不見黃河南北數十郡，紫草不給燒馬糞。

泊葉灘

雨絲紛不收，風意冷於秋。忽覺短篷重，峽雲來壓舟。

人鮓甕 灘名，在歸州

灘聲怒欲捲城走，晴天雷在地中吼。孤舟不當一葉

對山曰、生氣逵出
紫瀫曰、比例奇確、
杭山曰、比喻妙、
磐溪曰、人鮓甕字既奇、衍為一篇詩益奇、蓋以奇人度奇險、雖以周孔自信、豈無王尊九折之畏乎、
湖山曰、起手矯健、結得完密、中間層出波瀾、拓開意境、蓋得法於老蘇而變其面目者、
香巖曰、一結意境極佳、

輕、千渦萬渦湧左右、左艇槳折去無痕、右艇幸有兩槳存、遷右就左渾不定、努力撐舟抵峽壘、宛似雎陽嬰孤壘、力抗千軍爭生死、又似李陵戰方苦、裹創猶聞鼓聲起、忽墮渦中勢不測、舟人相看慘無色、握楫投水禱江神、合掌瞑目念菩薩、菩薩於我無宿緣、江神與人亦漠然、獨有周孔真吾師、為我嘗說涉大川、邪許聲中共擊楫、轉舟稍得就利涉、此生初能出萬死、譬之衝圍得凱捷、驚魂未定青山送、半日朦朧心如夢、謂君勿復說既往、掩耳怕聞人鮓甕、

香溪口 宅 香溪之源出昭君村、秭歸又有宋玉故

枕山曰、張問陶得意處、

枕山曰、仁人之意才人之語、

隱畊曰、深人無淺語、

枕山曰、三四宛然在目、

劍盟曰、天然妙對、

冷雨淒風送暮哀、美人才子共塵埃、玲瓏一掬香溪水、流自昭君村裏來、

兵書峽

祖龍一炬竟何如、峽裏當年留燼餘、天意好生非好殺、誰來絕壁讀兵書、

舟中感懷

杳杳東天遠、家鄉只夢還、風腥人鮓甕、日炙馬肝山、飽慣江濤險、終輸水鷺閒、自驚明鏡裡、著雪鬢毛斑、

過新灘入馬肝峽

亂石如劍森矗立、穿破艙底不易涉、官槽龍門各爭

湖山曰、如此險惡、如此安穩、亦所謂利涉大川之證、

磐溪曰、聞子規啼否、

枕山曰、句句俊秀、

湖山曰、實境直寫、儁爽可誦、

險、新灘兩岸、南曰官槽、北曰龍門、見陸記、危灘最怕豪三峽、新灘又名豪三峽、見范記、竹子來時水淼漫、石沈江底不見灘、扁舟坐穩詩可錄、且向峭壁詢馬肝、馬肝峽石壁峭絕處有石、下垂如肝狀、因以得名、馬肝又爲硯石別名、

空舲峽

波光瀲灧遠涵青、無限奇峯展畫屏、宛轉隨舟看更好、棹郎指點是空舲、

自黃牛灘至下牢谿

好脱征衫貰綠醪、拚將一醉寫吟毫、舟從白帝城頭落、山向黃陵廟外高、奇句欲爭三峽險、驚魂已慣九

紫緘曰、宋人佳句、
劍盟曰、結亦有力、
香巖曰、起筆洒然、
湖山曰、黄牛之險、夷陵之夷、諷誦之際、恍如到其境、
桃山曰、村古五字、村店暑夜苦境如覩、
湖山曰、二律格調高雅

江濤西風吹送瀟瀟雨、日暮猿聲是下牢、

黄牛峽

百里好山千尺水、扁舟載我畫中過、瞿唐巫峽皆奇絶、看到黄牛景最多、

出峽抵鄧家沱

峽門開處水平空、又過江干正斂風、山入夷陵皆貼地、扁舟來繫緑楊中、

泊鄧家沱　紫緘曰、盛唐嗣響

久為巴蜀客、又向楚天過、村古蚊聲集、江閑月色多、淫祠仍陋俗、夜舫自蠻歌、搔盡星星鬢、羈愁奈汝何、

宜昌夜泊

夷陵陁巴蜀荊楚有門庭月照虎牙白山連馬肺青

虎牙馬肺皆灘名

三遊留古洞至喜表高亭憑弔無人共含情近酒缾

過荊門

山低樹遠水連村隱隱城垣白一痕柔櫓不搖風力軟扁舟容與下荊門

過松滋驟雨正晴大月如盆

凉聲瑟瑟滿前灣秋近蘋風荻露間城影沈烟唯有樹天光接水欲無山雨猶餘滴孤篷冷舟自隨波兩

枕山曰亦杜亦陵

劍盟曰非至其地者不知此詩之妙

紫巖曰易險而夷詩境即隨之而變

香巖曰三四繪聲繪影

枕山曰漁洋初白合爲一手

劍盟曰、極盡煅鍊之功而不見痕跡、
香巖曰、收聯意興閒曠、而與稅多舟畏、關相為開闔、鍼綫極密、此老杜所謂詩律細也、
竹雲曰、鍊、
香巖曰、境象縹緲
枕山曰、宋調唐意

槳間、今夜空閨應憶我、松滋對月賦刀環、

沙市

市近風前岸、烟迷雨後灣、眼中千里水、何處一拳山、價賤瓜堆地、（沿江多產西瓜）稅多舟畏關、白鷗誰得狎、飛沒淼茫前、

過石首縣

山容若張蓋、雨斂夕陽浮、千尺楚江水、一帆何處舟、地卑魚上岸、城破草藏牛、試問劉郎浦、繡林依舊不、

雨後涼甚、是日立秋、

一江涼雨壓輕舟、日暮瀟瀟蘆荻洲、更有秋風催客

枕山曰似陸
隱畊曰情景逼真
枕山曰又似陸
隱畊曰用意漸巧

急先吾已到岳陽樓

泊車灣

江色茫難辯蕭蕭獨夜舟疎篷聞聽雨遠客早知秋天黑雁聲濕水寒魚氣愁前途猶遼遠默檢舊征裘

阻風二日

休將逆浪訴封姨野蔌堆盤酒滿卮連日停舟殊不惡篷窓細補紀行詩

遙望洞庭湖

大江水與洞庭水其間僅隔一帶耳秋江高漲一帶沈岸樹點點浮如薺湖光忽從樹杪得天邪水邪同

香巖曰能狀難狀之景妙有山水清音

香巖曰入少陵之室

枕山曰隧而似唐人者

湖山曰鍊字鍊句唐賢距我不遠

一色極目渺茫疑無地龍氣深蒸雲夢澤岳陽之樓
在何處欲往從之陽侯怒君山翠黛為誰容無人更
弔湘妃墓湖水北注江水東江湖相會劃青紅青紅
百里流不亂風帆蹴破五彩虹

螺山阻雨 二首

村色晚烟外客檣風岸前避人如少婦默坐學枯禪
江黑雨懸夜燈青蟲聚船不堪秋氣冷水枕夢難圓

棧雲猶在袂水枕又蓬窓蟲咽荒村草雨寒殘夜釭
秋聲連楚澤客夢落吳江隔岸僧菴近晨鐘斷續撞

自螺山至嘉魚縣

隱畊曰、生脆如哀家梨、

雪門曰、即登岱回來不看山意、

香巖曰、大言却醞藉、

隱畊曰、餘音繞梁、三日不絕、

雨後秋江水漲灣、人家多在淼茫間、白帆點點遙相映、一岸垂楊一峅山、

九江

孤蓬挑盡首重回、五老峯頭霽色開、不怪眼前無好景、看山人自蜀中來、

潯陽

淪落天涯白髮生、荻花楓葉又秋聲、琵琶聽遍江南北、一到潯陽便有情、

隱畊曰非身到其境不能領此

隱畊曰筆力健舉

附錄

乘槎稿

乙亥歲航海赴清國十二月十二日舟到山東芝罘是夜海月鮮明與山雪相射覺寒光料峭逼人

朔風簸海湧狂瀾吹到烟臺意始安雪色月光渾不辨夜山一白壓蓬寒

發黃山館

緇塵和雪滿征裘瘦馬嘽嘽行不休踏盡峰巒三日路殘山送客出登州

桐雲曰、妙句從閲歷中得來、
舩山草場廣曰、五六蒼古、
桐雲曰、琢句鍊字、皆有分寸、
隱畊曰、清挺、
舩山曰、不愧唐人、
隱畊曰、唐音、
桐雲曰、即境言情、本神韻絕、

樂安縣途上

睡魔纔去又詩魔、深掩車帷筆屢呵、海外交游知己少、客中情味得酸多、荒城寒色連平野、古驛殘星帶瘦騾、明日春風何地到、今年盡日渡黃河、

黃河

神禹疏通後、黃河萬古流、水枯高出岸、氷合狹容舟、前路猶千里、征人欲白頭、心隨東逝浪、遠到日邊不、

芝陽除夜

明日逢元日、清樽幸不空、村荒寒色外、年盡馬蹄中、守夜杯盤冷、圍爐榾柮紅、一行肥薩客、聚首話鄉風、

隱卅曰、尘峭、

陶堂曰、項聯沈摯、句法亦精、

彥清劉須溪曰、三四驚心動魄、

森公使薩州人、頴川書記官與余為肥州人、

憶內

鏡裡衰顏借酒酡、鄉園此夕果如何、空閨守歲又今歲、應恨半生離別多、

滬上遊草

滬上歲暮

自信儒冠誤此生、前途似夢未分明、年豐故國民猶亂、春近他鄉客有情、綠眼紅毛爭互市、嗸鴻饑鼠泣孤城、夜深獨對寒燈坐、硯水生氷筆有聲、

題顧少梅羅浮香夢圖

隱畊曰、起筆清趣、

舩山曰、吟到梅花句亦香、可以評此詩、

隱畊曰、寫夢境入神、

舩山曰、竹字下得妙、

陶堂曰、此篇繼武退之董生行矣、

香巖曰、苦吟深造、字字轉換、筆筆頓挫、

又曰、此詩具見作者性情、佩服佩服、

非雲非雪白茫茫、梅花萬樹圍草堂、人與梅花共清瘦、花香深處夢亦香、仙境隔在深山中、疑與人間路不通、明月夜來靜無影、孤鶴呼侶迷西東、披圖清香猶滿幅、吟骨如氷詩不俗、誰作此圖顧少梅、題詩之人其姓竹、

李孝子歌

山左有孝子、世居日照里、天日不照孝子身、既盲其（隱畊曰、即從日照入手、局勢更緊、）目、又聾其耳、兒聾母亦聾、兒盲母亦盲、兒唯有一誠、此誠通神明、盲則視無形、聾則聽無聲、（隱畊曰、折入深際、）承意扶起居、撫體問寒燠、母心樂融融、何須耳與目、李孝子明且聽、

陶堂曰、一接奔雲裂石、
見山曰、孝是奇孝、詩是奇詩、
隱畊曰、一波亦老樸、
隱畊曰、怨而不怒、得風人之意、
舩山曰寓意深惋、
桐雲曰、有情有景、

絶勝世上為人子、有目如盲耳如聾、一朝血淚染斬麻、孝子性命風中花、吾聞天亦有耳目、獨厄孝子一身毋乃酷、

初春書感

敝褐依然薄官身、功名多屬少年人、梅花冷落桃花笑、同是東風一様春、

上已

只聞柔櫓響江霧隱行舟雨妬花魂碎風狂蝶夢愁香泥詩客杖春味酒家樓故國誰修禊兵戈滿九州

本邦鎮西之亂至今未平、親戚故舊不通音信久矣、

香巖曰、一起似古樂府、
陶堂曰、少陵胸次、
桐雲曰、音節悲涼、有古樂府之遺、
見山曰、詩史、
香巖曰、晚唐風味、
彥清曰、情味無盡、

錦旗行 我朝天子親征、必以錦旗前導、命親王發師、亦賜錦旗遣之、

昨日錦旗東、今日錦旗西、昨日東民哭、今日西民啼、未聞鐘室烹走狗、晉陽之甲漫藉口、一麾直欲捲蜻洲、薩兒之膽大於斗、戰骨如山血如河、腥風漠漠鬼哭多、千村萬落為焦土、嗚呼奈汝蒼生何、

送人歸日本

懶雲如夢雨如塵、陌路花飛欲暮春、折盡春申江上柳、他鄉又送故鄉人、

聯藜堂坐雨、分韵得春字、

奇遇原知有宿因、披肝露膽日相親、聊憑酒興充吟

香巖曰、一結意遠

陶堂曰、二律圓穩、似江南士夫之作、非復秦蜀奇傑氣象、

桃山曰、思清才艷、

桐雲曰、製題甚古、

桐雲曰、格律整齊直通

客、為寫詩狂學醉人、十畝綠陰僧薄暮、一庭紅雨送殘春、不須結伴踏青去、門外紛紛車馬塵、

葛隱畊陳曼壽汪曉村諸子來過

雨聲昨夜過江津、落盡紅桃長綠蘋、輕燕受風怡似客、垂楊委地懶於春、烟雲到處留清夢、詩酒憑誰作主人、野蔌山肴須盡醉、征衣明日又緇塵、予將遊杭蘇、故云、

杭蘇遊草

丁丑三月攜家探西湖之勝、十八日發上海抵黃渡、水色漸青、

東風催我著征裘、泛宅遙為吳會遊、千點楊花輕似

放翁、

桐雲曰、鍊極、

彦清曰、五六寫得出、

桐雲曰、神來之筆、

絮一篙春水滑於油、題詩已遍巴中路、勝景又探湖上樓、北馬南船隨意樂、天涯薄宦勝封侯、

十九日小雨、過大窑、土人多置窑燒磚瓦、自此至杭、兩岸皆桑田也、

磚窯火冷濕烟微、十里荒村水半扉、乍暖乍寒春晚雨、時裘時葛客中衣、深深人語穿桑出、裊裊帆光映柳飛、最喜別添新薦美、韡龍擘玉鱖魚肥、

遊鴛湖

水光磨出碧琉璃、花蘸胭脂柳蘸眉、一笑翩鴻來照影、鴛鴦湖上立多時、

桐雲曰、風雅宜人、

桐雲曰、晚唐佳句、

彥清曰、極刻劃、又極渾成、對句尤勝

見山曰、真景

廿日泊大麻、是夜雨、

漁户炊烟一帶横、泊舟方及晚潮生、微風裊柳毿毿影、細雨敲篷點點聲、客裡青衫時有淚、鏡中白髮最無情、攜家好伴江湖夢、戒且同聽長短更、

廿一日舟到杭州

筆硯雜脂粉、妻孥同一船、水清人影外、山到櫓聲前、魚價賤於菜、桑條翦作拳、桑樹翦去上條、至數年忍後成拳様、謂之拳桑、看兵亂後、膏腴半荒田、

廿二日遊西湖、初雨後晴、三首

畫舫浮春弄玉簫、衣香扇影水迢迢、東風吹遍千株

彥清曰、竟體清脆、
桐雲曰、麗句、
桐雲曰、寫景如畫、
見山曰、放翁佳句、
桐雲曰、為忠魂釋恨、

柳青到蘇堤第六橋、

蘇小墓前春欲空、流鶯啼破一林紅、細霑山翠霏霏雨、遠送衣香習習風、古寺旛幢烟柳外、美人笑語畫船中、移篙又向三潭去、彷彿瀛洲有路通、

淡粧何窈窕、濃抹亦鮮妍、西子嬌容足、蘇仙好句傳、樓明皆倚水、橋小不妨船、最好三潭夜、花間抱月眠、

岳王墳

偏安宋室厭中興、自壞長城修歲繒、香火千年岳王墓、青山何處弔諸陵、

孤山

桐雲曰、憑弔千古、感慨無窮

彥清曰、平淡中却極感慨之致、

桐雲曰、佳句可入錦囊、

湖光瀲瀲雨潸潸、處士墳留積翠間、千里風塵憐薄宦、一家忠孝弔孤山、西匪之役、杭城林典史一家殉忠、葬諸孤山、薛太史慰農撰聯、有孤山終古、屬林家之句、詩因多病年年瘦、鬢為憂時種種斑、鶴子梅妻真可羨、青雲何似白雲閒、

廿三日上吳山、山上有伍胥廟、

當日鴟夷最可傷、江流曲折繞錢塘、潮聲不到伍員廟、一片吳山對夕陽、

廿六日將登洞庭山、自嘉興轉舟西折、抵平望泊焉、

水如碧玉幾回環、帆走桑陰漠漠間、兒女有情同客

曲園曰好句欲仙
見山曰趣語
陶堂曰老洫用南華奇警無匹
桐雲曰寫景逼真
彥清曰奇險

味詩囊無税過江關回頭已失嘉興樹當面飛來七子山聞說洞庭奇石富又迂舟路問孱顏

廿七日過吳江縣

長竿挿在釣魚矼映水鸕鷀立一雙亂後荊榛鋤未盡荒城殘日過吳江

過黃涇距洞庭山可廿里

牧童何處去牛背立飢鴉老洫縱横水荒村八九家草深難辨路蘆斷忽通艖指點洞庭近蒼蒼倚晚霞

是夜泊銅村

隔橋知市近欲上酒家樓夜熱天含雨崖傾樹攬舟

見山曰、唐音、
舩山曰、情韻雙絶、
桐雲曰、盤鍊乃爾、卓然名作

人從憂患老、宦為斗升謀、莫使機心動、江湖有白鷗、

廿八日抵蘇州、泊閶門外、雨大至、賦似内人、

蹇驢曾度棧雲間、每聽鈴聲鬢欲斑、今夜姑蘇城外雨、蓬窓剪燭話巴山、

呈俞蔭甫太史（太史主講西湖詁經精舍、著述等身、）

霽月光風滿講帷、薰陶自恨及門遲、漢唐以下無經學、許鄭之間有友師、金印終輸經國業、壓心不繫釣魚絲、玉堂若使神仙老、辜負湖山晴雨奇、

奉和井井詞兄原韻即正

曲園居士樾

彥清曰、漁洋神韻、
見山曰、是唐賢絕句、
桐雲曰、一氣奔注、

東瀛仙客駐驂帷、游覽都忘歸計遲、萬里雲山俱入畫、一門風雅自相師、（聞擕眷屬同游、）青衫舊恨關時局、黃絹新詩鬥色絲、自愧迂疏章句士、感君欣賞我無奇、

楓橋雨夜（寒山寺為髮賊所毀、僅存基址）

漁火欲沈江草外、客愁來聚酒杯前、荒烟冷雨寒山寺、人在楓橋半夜船、

登惠山俯瞰太湖、是日微雨屢至、（惠山一名九龍山、）

時開時闔雨成態、乍滅乍生雲亦奇、無限水光看不足、九龍山上立多時、千重浪自中心湧、一白天包四

紫敬曰五字不磨

面垂此個丈夫真氣象西湖雖美是西施

虎邱寺

古寺人稀落日斜鐘聲隱隱隔烟霞真娘墓上春如夢蝶懶蜂狂自落花

劍池

雲烟隨變滅霸業總茫茫唯有劍池水一泓寒玉光

留別蘇城諸賢

別酒驪歌恨奈何海槎明日又烟波一句遊勝三年學為愛蘇城麗澤多

三復尊集長篇雄偉而無鬆筆短句警拔而有餘味讀之快心洞目恨篇之易卒也蓋亡論得江山之助江山亦借大筆而生光輝者是豈尋常詩人所能辨哉大清諸名家亦當避席而讓一座焉何其快也若夫蜀道紀行之詳細考據之精確比之范陸二公記筆力精采有過無不及余將作一序詳論之再游期近不能卒業為之赧然

丙子寒露節後二日　大槻崇妄評

蜀中山水雄奇詩足以副之不負此遊矣

楊峴拜讀

大著評點一過、古體千錘百鍊、俱從劌心嘔肝而出、知其寝饋於長吉者深矣、近體亦沈著、亦流麗、遠摹杜陵、近規文簡、卓卓可傳、欣佩無似

吳大廷書於攖室

淡而不枯、高而不槐、語語從性真出、不拾人牙慧、非纘言琢句劈績為工、聲悅為麗也、有目者當共賞之、

雲間雪門氏題

大著古體諷論忠厚、深得風人之旨、而音節諧

亮、古藻紛披尤徵邃學、近體風格遒上、寄託深遠、杜公之波瀾獨老成、洵堪奉贈、循誦數過、佩服無已、

劉瑞芬拜識

破半日工夫、細閱一過、凡題目加朱圍者、皆可存也、近體選者十之七、古體則十無二三、作者於近體已得唐賢三昧、古體則音節未叶、句法未融、杜老曰、佳句法如何、東坡曰、文字之道、當從聲音悟入、請取詩騷以下至唐宋諸家集、精心研索、即知音節句法之離合矣、

作者學有根矩、藹然仁人志士之言、又熟精乙部、辭必己出、不肯拾人牙慧、此其長也、而往往有率易處、有粗獷處、此小疵也、蓋詩有章法、古人所謂或製首以通尾、或尺接而寸附也、有脈理之貫通、古人所謂貫一為拯亂之藥也、是以去累則成篇、合法則入格、如端綺然、經緯分明、邊幅平正、無紕無纇、斯為佳製、鄙論如此、漸卿道兄以為然否、辱承遠訪、敢獻商権、不欲以流俗虛諛相待、知明哲必能鑒察、

光緒三年太歲在丁丑斗建辰之月

李鴻裔書

國初趙秋谷著有聲病譜一書、言古近體均有音節、亦只在四聲求之、與詞曲家所言聲律、尚有寬嚴之分、其所推究、皆人籟也、詩之妙蘊、實在天籟、天籟之清濁高下緩急向背、又不在四聲之叶否、則精粗相去遠矣、大作奇氣縱橫、句法不諧處、亦不爲病、唐人如高達夫元次山、宋人如黃山谷王半山、正以不諧見奇、此又一說也、不諧處正是天籟、求之四聲反淺、惟律詩稍嚴耳、

高心夔識

右棧雲峽雨詩草杭蘇游草各一册日本井井居士所作也居士以東國通儒慨然有遠遊之志以乙亥十二月航海芝罘遵陸而至京師居未幾遂由燕趙度河而南自豫入秦而蜀而楚還至滬上復為蘇杭之游此編盖其紀行之作聞見所及發為詠歌懷古感今若有不能自已者其為詩發攄胸臆時有奇氣不規規於撫倣而自合於前賢之矩矱盖好學深思而得力於游覽者為不少也戊寅之夏居士税駕津門余

以朱君靜山之介晤於池田領事之署既賦長律以贈之因獲覩居士是編復為述其梗概跋而歸之以志嚮往

大清光緒四年秋九月朔仁和巖徐慶銓并識

棧雲峽雨詩草終